光文社文庫

長編推理小説

十津川警部　幻想の信州上田

西村京太郎

光　文　社

目次

第一章　死者たち

1

甲州《こうしゅう》街道と平行に走る、通称、水道道路。その一角に、一昨日から、一台の車が停まっていた。

高級車といわれるマセラッティの新車だった。色はグリーン。人も乗っていないし、キーも見つからない。

（乗っていた人は、ここに車を停めたまま、どこかに行ってしまったのか？）

近くの交番に勤務する、二十五歳の若い青木巡査は、一昨日から、この車のことが気になって仕方がなかった。

青木が現在乗っている車は、中古の国産の軽自動車である。そのため、いつかは外車、それも高級車に、乗ってみたいと思っている。それだけに、青木は、マセラッティの新車が、どのくらいの値段のものか、よく知っていた。

（あんなところに、放置しておいては、いつか、誰かに盗まれてしまうのじゃないだろうか？）

青木は、それが心配で、プレートナンバーから、車の持ち主を調べ、連絡しようと考えた。

東京陸運局に問い合わせて、車の持ち主の名前は、すぐに分かった。

村上和雄《むらかみかずお》。三十五歳、独身。

国立大学を卒業した後、証券会社勤務を経て、主として、高級マンションの内部設計をする会社を作り上げ、現在、年商二十億円近いという、いわば成功者の一人だった。

彼の経営する設計事務所は四谷《よつや》にあり、自宅の住所は、新宿《しんじゆく》の高層マンションになっていた。

青木巡査は、まず、新宿のマンションのほうに電話をしたが、何度電話をしても、誰も出る気配がなかった。

次に、四谷の設計事務所に、電話をした。こちらのほうは、すぐに、男の声が電話に出た。

「村上設計事務所ですが」

と、相手がいう。

青木は、

「社長の村上和雄さんはいらっしゃいますか？」

と、きいた。

「いや、今日は留守にしていますが、お宅様は？」

と、相手がきく。

「実は、私は、代々木《よよぎ》警察署の巡査で青木というものですが、水道道路に、そちらの社長さんの車が、二日前から放置されているんですよ。気になって仕方がないので、そちらに、電話をしたのですが」

と、青木がいった。

「それは、間違いなく、ウチの社長の車ですか？」

「ええ、そうです。車種はマセラッティで、色はグリーン。プレートナンバーは××××ですが、村上社長さんの車に間違いないですね？」

「ええ、その車でしたら、確かに、ウチの村上の車ですが」

と、いってから、相手は、

「すぐに、そちらに伺います」

「そうですか。では、水道道路の渋谷区《しぶやく》笹塚《ささづか》二丁目辺りで、私が車のそばに立っておりますから、それを目印にして、来てください」

と、青木はいった。

二十分もすると、白いベンツに乗った男が、やって来た。

三十歳前後の男で、待っていた青木巡査に向かって、

「さっき電話をいただきました、村上設計事務所の、田村といいます」

と、自己紹介してから、車を一目見て、

「間違いなく、これ、ウチの社長の車ですよ。どうして、こんなところに停めてるのかなあ」

と、首をかしげた。

「どうして、お宅の社長の車が、二日も前から、ここに、放置されたままになっているんですかね？」

青木巡査がきくと、田村は、困った顔になって、

「実は、社長の村上が、三日前から、行方不明になってしまっているんですよ。それで、心配していたんですが、私にも、どうして社長の車が、ここに停まっているのか、よく分

かりません」

「村上社長のご自宅のマンションにも、何度か、電話をかけてみたのですが、誰も出なくて」

青木巡査がいうと、田村は、小さくうなずいて、

「ええ、私も何回か、電話をしてみたのですが、確かに、誰も出ませんでした。まあ、社長は独身で、マンションに一人住まいですから、電話に誰も出ないのは、当然といえば当然なんですが」

「村上社長は、三日前から、行方がわからないと、今、いわれましたね？」

「ええ」

「それで、捜索願は、出しているんですか？」

「いえ、まだ出していません」

「どうしてですか？」

「実は、ウチの社長は、時々、フラッと誰にもいわずに、蒸発してしまうことが、あるんです。そういう時はたいてい、一人で考え事がしたくて、姿を消すんだから、あわてて、捜したりするなと社長はいうんですよ。今度も、そんなことかも知れないと思って、捜索願は、まだ出していなかったんです」

と、田村はいった。そのあと、

「とにかく、この車は、社長の自宅マンションに運びたいんですが、困ったな。キーがないし、レッカー車を呼んだほうが、いいんでしょうかね？」

と、困惑した表情で、つぶやいている。

その時、青木巡査が、急に、眉をひそめて、

「何か、ニオイませんか？」

と、いった。

「えっ、何が？」

「ニオイですよ」

青木巡査は、後部のトランクルームに、顔を近づけて、

「ここから、何かニオって来るんですよ。ニオイませんか？」

「そういわれてみれば、何となく、イヤなニオイがしますね」

と、田村もいった。

「とにかく、本署に連絡して、調べてみなくてはなりません。よろしいですね？」

青木巡査は、断ってから、携帯電話をかけることにした。

2

パトカーが駆けつけ、降りてきた警官も、青木巡査と同じように、車のトランクルームに顔を近づけてから、

「確かに、ニオウね」

と、いったが、キーがないので、トランクルームを開けることができない。

そこで、田村に断ってから、トランクルームの錠を壊すことにした。

五、六分して、何とか錠が壊れ、トランクルームを、開けることができた。

警官は、その瞬間、ただ目を光らせただけだが、田村は、

「あっ」

と、声を上げた。

トランクルームの中に、男の死体が横たわっていたからである。

足を曲げた形で、少し、死臭がしていた。ここのところ、二日ばかり、暖かい日が続いたからだろう。

「社長！」

田村が、大声で、叫んだ。

「お宅の社長さんに、間違いありませんか？」

警官の一人が、きいた。

「ええ、間違いなく、ウチの村上社長です」

まだ、はっきりした死因は分からない。それでも、パトカーの警官は、すぐ本署に連絡を取った。

今度は、パトカーが二台と、鑑識の車がやって来た。

死体はトランクルームから運び出され、入念に調べられた。背広の背中から血が流れ出して、それが、乾いて固くこびりついていた。それが、ニオウのだ。

どうやら、背中から刺されて、それが原因で死んだらしい。

さらに、三十分ほどして、警視庁捜査一課から、刑事たちが駆けつけた。

「被害者は、村上和雄、三十五歳。四谷に事務所がある設計事務所の社長さんです」

初動捜査班の刑事が、十津川《とつがわ》警部に説明した。

検視官が、十津川にいう。

「背中から鋭利な刃物で、三ヵ所刺されているね。その一つは、おそらく、心臓まで達していると思う。それが、死因じゃないかな。殺されたのは、少なくとも、四十八時間以上前だ」

「死体が発見された時の状況を、説明してくれないか」

十津川は、初動捜査班の刑事にいった。

相手は、ハンカチで包んだものを、十津川に渡した。

十津川が、開いてみると、いわゆる、穴あき銭である。明治以前、江戸時代に使われていた、一文の銭が、全部で六枚入っていた。

「死体は、トランクルームに仰向けに転がされていたんですが、その顔の上に、その古銭が、置いてあったんですよ。全部で六枚ありました」

と、相手がいった。

「一文銭が六枚か？」

「そうです。全部で、六枚でした。トランクルームの中を、丁寧に調べてみたんですが、ほかには、古銭は落ちていませんでした」

「全部で六文というと、三途《さんず》の川《かわ》の渡し賃じゃありませんか？」

そばから、亀井《かめい》刑事が、十津川にいった。

「そうか、三途の川の渡し賃か」

「六文といったら、それ以外には考えられませんね。殺した犯人が、置いていったんでしようが、そのつもりで、置いたのかも知れませんよ」

と、亀井がいう。

被害者の所持品を調べていた西本《にしもと》刑事たちが、背広のポケットから発見されたものを、十津川に示した。

運転免許証、クレジットカードの、いわゆるプラチナカード、それから、クロコダイルの財布である。

財布の中には、百万円の束が、無造作に詰めてあった。

十津川は、田村に向かって、

「村上社長さんは、いつも、このくらいの現金を持ち歩いているんですか？」

「ええ、いつも、百万ぐらいを財布に入れていますよ。男というのは、急に、現金が必要になることがある。そういいましてね」

村上和雄を殺した犯人は、その百万円入りの財布を、奪いはしなかった。とすると、これは、怨恨《えんこん》による殺人なのだろうか？

死体が、司法解剖のために、運ばれていった後、十津川は、田村に、話をきくことにした。

「村上さんのことは、週刊誌か何かで、読んだことがあるんですよ。三十五歳の若さで、ベンチャービジネスで、成功した人間。確か、そんな記事でした。ただ、私は、どんな仕事をしているのか分からないので、まず、お宅の事務所の仕事を、簡単に説明してもらえませんか？」

　十津川がきくと、田村は、

「今は、ある意味で、贅沢な時代なんです。金のある人は、さらに、金持ちになっていきますからね。普通の人は、マンションを手に入れても、せいぜい、自分の気に入った部屋に模様がえするぐらいです。ところが、資産家というのは、億ションを買って、その部屋を、自分の気に入ったように改装したい。ただ、素人が、改装したのではうまく行かないから、優秀な、コーディネーターに頼むんですよ。そういう時代に入ったということに、ウチの社長は、前々から気がついて、特に、高級マンションの部屋の内装、そのコーディネートを、専門にやる会社を作ったんです。それが時流に乗ったのか、成功しましてね。それで、ベンチャービジネスの、成功者の一人といわれているんじゃありませんかね」

「その村上社長が、こんな殺され方をしたことについて、何か、思い当たることはありませんか？」

「いえ、全くありません」

「本当に、思い当たることはないんですか？」

「今までのところ、ウチの事務所がコーディネートした、高級マンションのお客の中から、苦情は出ていないんですよ。皆さん、満足してくださっています。ですから、ウチが手掛けた高級マンションの住民の中から、ウチの社長に対して、こんなふうに殺すような人が出るということは、全く考えられません」

「村上社長さんは、結婚はされていないようですね？」

「ええ、その通りです。今、三十代でも別に結婚をせず、独身を謳歌している男は多いですからね。ウチの社長も、その中の一人だったんです。もちろん、年商二十億円の設計事務所の社長をやっていて、青年実業家として、成功していましたからね。女性にはモテますよ。かなり有名な女優さんと、噂になったこともあります」

「では、今までに、女性問題で、トラブルがあったということは、ありませんでしたか？」

「いや、少なくとも、私の知っている限りでは、大きなものはありませんでしたね。今もいったように、社長は、女性にはモテましたから。そういえば、確か二回くらいですかね、女性が、事務所に乗り込んできたことが、ありましたが……」

「それは、どんな女性だったんですか？」

「二件とも、確か自分のことを好きだといったくせに、ほかの女性と、つき合っていることが許せない。そんな苦情でしたね。しかし、何とか、社長は、金で解決したみたいで、その後、その女性がまた事務所にやって来たり、妙な電話が、かかってくることもありませんでした」

「ところで、社長さんは、古銭の収集なんかは、やっていませんでしたか？　小判とか、あるいは、寛永通宝みたいな、昔の通貨の収集ですが」

「いや、社長に、そんな趣味があるとは、きいたことがありませんね。私は社長の自宅マンションにも、行ったことがありますが、そんなものは見当たりませんでしたよ」

と、田村がいった。

「確か、社長さんは、三日前から行方不明になっていた。そういうことでしたね？」

「ええ、その通りです」

「今日は三月二十五日だから、行方不明になったのは、三月の二十二日ですか？」

「ええ、三月の二十二日の朝、社長が、事務所に顔を見せなかったんですよ。しかし、さっきもお話ししましたが、ウチの社長は、これまでにも、時々、フラッと姿を消すことがありましたからね。一人で黙って、海でも眺めながら、考え事をしたくなることもあるんだ。そういう時には、誰にもいわずに出掛けていく。そんなことを、よくいう社長でしたから、この時も、海でも見に行ったんじゃないかと思っていたんですが、今日になって、社長の車が、ここに放置されたままになっているといわれて、慌《あわ》てて飛んできたんです。まさか、トランクの中に、社長の死体が、押し込まれていたなんて、思いもしませんでした」

田村は、小さく、溜息をついた。

「今、村上設計事務所には、全部で、何人の人が働いているのですか？」

「社長のほかに、優秀なコーディネーターが十人、それから、営業関係の社員が五人、ほかに、経理や総務などを担当している社員も何人かいますから、社長を入れると、全部で二十六人です」

と、田村がいった。

「最近、仕事上のことで、揉《も》めていたということはありませんでしたか？」

「今もいいましたように、ウチは優秀なデザイナーというか、コーディネーターを揃えているので、仕事の上での、お客さんからの苦情は、全くないんですよ。ですから、仕事に関してトラブルを抱えているということは、社内でのトラブルを含めて、全くありませんん」

「社長さんの、趣味というのは、いったい、何なんですかね？　マセラッティに、乗っていたくらいだから、車好きだということは分かりますが」

若い日下《くさか》刑事がきいた。

「そうですね。確かに、車は好きですよ。マセラッティのほかに、ポルシェを一台、持っているんです。それから、旅行も好きでした。今もお話ししたように、それも、フラッと一人で出掛けてしまう。行き先もいわずにですよ。そういう旅行が、好きでしたね。ほかには、狩猟の免許を持っていて、イギリス製の高価な猟銃を、何丁か持っています。社長のマンションで見せられたことがありましたから」

と、田村がいった。

3

問題のマセラッティは、代々木警察署に運ばれて、そこで徹底的に調べられることになった。

その間に、十津川は、亀井刑事たちと、被害者、村上和雄の自宅マンションに出掛けていった。

新宿西口にある高層マンションの、最上階にある部屋だった。部屋の広さは二百平方メートル近くあり、ゆったりとした造りになっている。

若い刑事二人と、四人で、入念に部屋を調べていった。

村上設計事務所の田村がいっていたように、猟銃も見つかった。イギリス製の水平二連銃が二丁、それから、ライフル一丁の三丁である。

書斎には、モーターボートの写真もあって、その船名は「村上丸」になっていた。おそらく、村上が所有している大型クルーザーなのだろう。

「優雅なものですな」

亀井が、うらやましそうに、いった。

「大型クルーザー、狩猟用のライフル、それから、一台二千万もするような車だよ。それに、このマンションだって、軽く二億円はするんじゃないか?」

十津川が、苦笑しながらいった。

村上和雄のことを書いた週刊誌も見つかった。そこには、殺された村上和雄の写真とともに、「ベンチャービジネスの若き旗手」というタイトルで、村上のことが、経歴とともに称賛されていた。

その記事には、プロフィールが載っている。

十津川は、それを読んだ。

「村上和雄、大阪市天王寺《てんのうじ》区に生まれる。天王寺の高校を出た後、上京し、東京の国立大学経済学部を卒業。その後、N証券会社に勤務した後、三十歳で設計事務所を設立。主に、高級マンションの室内装飾を手掛け、仕事として確立した。現在、十人の若いコーディネーターを使い、年商約二十億円。人々の高級志向が続く限り、高級マンションの室内コーディネートは、これからも販路を広げていくと思われている。現在独身。趣味はハイウェイを車で飛ばすこと。並びに、大型クルーザーでクルージングを楽しむこと」

プロフィールには、そう書かれてあった。

「村上和雄は、大阪の天王寺の生まれなのか」

十津川が、つぶやくと、

「東京の大学を卒業した後は、仕事と生活の両方とも、すっかり、東京に定着したみたいですね」

と、亀井がいった。

「まだ両親は健在で、大阪にいるんだろうか？」

「すぐに調べてみましょう」

亀井は、すぐ、大阪市天王寺区の区役所に電話をかけた。

「両親は、すでに、亡くなっているようです。弟が一人いるそうですが、その弟は、現在アメリカにいるようで、向こうで、アメリカの女性と結婚している。天王寺区役所の戸籍係の返事は、そんなものでした」

と、亀井がいった。

「両親はすでに亡くなっていて、弟が一人だけというと、村上和雄の遺産は、その弟に行くことになるのかな？」

「そうでしょうね。肉親といえば、どうやら、アメリカで結婚している、この弟だけのようですから」

「その弟の名前は？」

十津川が、亀井にきいた。

「村上英夫《ひでお》です。年齢は三十歳」

「もし、その弟なり、結婚した相手なりが、三日前から、東京に来ていれば、彼、あるいは、彼女が、兄の莫大な財産を狙って、殺した可能性が出てくるんだが」

十津川がいった。

「確かに、それはあり得ますね。すぐ、弟夫妻が、三日前から、今日までどこにいたのかを、調べてみようじゃありませんか？」

と、亀井がいった。

ニューヨークに住んでいるという、村上和雄の弟、村上英夫夫妻について、領事館を通じて、調べてもらうことになった。

その結果、村上英夫と、彼の妻、日系二世の村上晴子は、三月に入っての今日まで、ニューヨークにいたことが証明された。

夜になって、司法解剖の結果が、捜査本部の置かれた代々木警察署に知らされた。

それによると、死亡推定時刻は、三月二十二日の午後十時から十二時の間。そして、死因は、背中から三ヵ所刺され、その傷口の一つは、心臓まで達していて、そのことによるショック死とあった。

その前日、三月二十一日の村上和雄の一日の行動を調べるために、西本と日下の二人が、四谷にある、村上設計事務所を訪ねていき、そこで働く社員から話をきいた。

それによれば、村上和雄の三月二十一日の行動は、次の通りだった。

午前九時に、いつものように四谷の事務所に出社。社員に今日一日の行動の指示を与えた後、大手の建設会社が建てた、月島の超高層マンションに、副社長と訪ねていき、建設主の大手建設会社の営業部長と億ションの部屋を、どうやって、コーディネートして高級感を出すかについて話し合いをし、向こうの要望を持って、事務所に帰ると、その要望通りに、どう設計したらいいかを、専属のコーディネーターたちに、研究するように命じた。

この日は、仕事が忙しく、事務所が終わったのは、午後八時を過ぎていた。

その後、社員たちは、それぞれ帰宅の途についたが、社長の村上は、しばらく残業するといって、一人だけ事務所に残っている。

その後、いつ事務所を出たのか？　それは、分かっていない。

「社員たちの話によると、村上は、通勤には、例のグリーンのマセラッティは使わないそうですから、三月二十一日にも、電車で通勤したそうです。ですから、この日も、帰る時はおそらく、タクシーを使ったか、あるいは、電車で自宅に帰ったものと思われます」

西本が、帰ってきて、十津川に、そう報告した。

「そして、翌、二十二日は、村上は、朝から事務所に出て来なかった」

と、十津川がいった。

「その通りです」

「その日の夜、被害者は殺されて、あの場所で、自分の車のトランクに押し込められていた。それについて、事務所の人間たちは、どういっているんだ？」

と、亀井がきいた。

「誰も、その件については、全く、心当たりがないと話しています。それから、あの場所ですが、あの近くに、村上和雄の知り合いがいるということは、全員、きいたことがない、といっています」

と、西本がいった。

「あの周辺には、村上設計事務所が担当するような、高級マンションはないようだね。新宿まで出れば別だが。とすると、あの周辺に、仕事の場所は、なかったということになってくるね」

「それについては、事務所の全員が同じことをいっていました」

「とすると、村上が殺されたのは、全く別の場所で、犯人は、村上を殺した後で、彼の死体を車のトランクに入れ、あの場所まで運んでいって、そこに、車を乗り捨てたということになってくるのかね？」

「それも、まだはっきりしませんね。とにかく、死亡推定時刻が、三月二十二日の午後十時から十二時の間ですから。この時間には、あの現場でも、人通りは、そんなに、なかったと思うんです。ですから、あの場所で殺したとしても、目撃者は、ほとんど、いないんじゃありませんか？」

と、日下がいった。

確かに、甲州街道ならば、深夜でも交通量が多いから、目撃者がいても、決しておかしくはないが、水道道路では、深夜、殺人があったとしても、目撃者は少ないに違いない。

問題の車について、調べた鑑識の報告も、捜査本部に届けられた。

被害者、村上和雄の車だから、車内から彼の指紋が、数多く検出されたことについては、何の問題もない。ただ、問題は、ハンドルからは、指紋が検出されなかったということだった。

どうやら、誰かが、ハンドルから、指紋を拭《ふ》き取ってしまったらしい。

「こうなってくると、犯人が、村上和雄をどこかで殺し、その死体を、車のトランクに押し込めた後、車を、あの場所まで、運転していってから、ハンドルについた指紋を拭き取り、姿を消した。そういうことが考えられるな」

十津川は、刑事たちにいった。

三月二十七日、十津川は、殺された村上和雄の個人資産を調べて、その額を黒板に書き込んだ。

村上の個人資産は、預金額約十二億円、それから、新宿の超高層マンションの部屋は、去年、一億八千万円で購入していた。さらに、マセラッティとポルシェという高級車、クルーザーなどすべてを、引っくるめると、個人資産は総額で十六億円ぐらいになると、答えが出てきた。

この十六億円は、村上が独身で、両親もすでに、死亡しているため、唯一の肉親が弟の英夫ということになれば、現在アメリカで結婚している、この弟に、全財産が行くことになる。

その弟が、翌日、一人で、捜査本部に顔を出した。

顔はあまり、死んだ村上和雄に、似ていなかった。

「僕は、母親似なんですよ。亡くなった兄は、父親似ですが」

と、英夫がいった。

「今日は、奥さんと、一緒じゃなかったんですか？」

亀井がきいた。

「そうなんです。実は、家内が現在妊娠五ヵ月でしてね。来ようと思えば、来られたんですが、僕としては、家で静かにしていてもらいたい。そう思ったので、僕が一人で、帰国しました」

と、英夫はいった。

その英夫は、兄と同じように、大阪の高校を出た後、東京の国立大学で法律を勉強し、現在、アメリカのニューヨークで、弁護士として働いているという。

「まだ、向こうでは、ぺいぺいの新人ですが、アメリカでは、弁護士になれば一人前というようなところが、ありますからね。僕としては、日本には戻らず、このまま、向こうでずっと、弁護士をやっていたいんですよ。ですから、しばらくの間、日本に帰るつもりはありません」

「殺されたお兄さんとは、よく、連絡を取り合っていたんですか？」

十津川がきくと、

「兄も忙しかったし、僕も、向こうで弁護士になったばかりで忙しかったものですから、日本とアメリカの間を、行き来して連絡を取り合うということは、ありませんでした。もちろん、電話では時々、話してはいましたが」

「その時、お兄さんと、どんな話をしていたんですか？」

「兄とは、仕事の話は、ほとんど、しませんでしたね。だから、アメリカンフットボールの話だとか、兄がクルーザーで、どこそこに行って釣りをしただとか、そんな他愛のない話ばかりでしたね。ああ、それから、僕に、子供ができたということも話しましたよ。そうしたら、兄はとても喜んでくれましてね」

「最後に話をしたのは、いつですか？」

「確か、今年の正月でした。たぶん、一月の三日ぐらいじゃなかったですかね。ああ、それから、一月の末にも。これは、僕のほうから、電話をしたんです」

「その時、お兄さんは、どんな話をしていましたか？」

「いつもの通りの、他愛ない話ですよ。二月はちょうど、アメリカンフットボールのチャンピオンチームが、決定する季節ですからね。僕は、そのことを、話しました。兄も、アメリカンフットボールが好きなので、その話で、延々一時間近くも、話し込んでしまいましたけどね」

と、英夫は、笑った。

「その時ですが、何か、心配事のようなことを、お兄さんは、話していませんでしたか？」

「心配事ですか？」

「ええ。例えば、仕事のことで、何かまずいことが、起きているとか、あるいは、お兄さんは、ベンチャービジネスの成功者ですからね。それを妬《ねた》んで、誰かが嫌がらせの手紙を、寄越《よこ》しているとか、電話で、おどされたとか、そういう話をお兄さんは、していませんでしたか？」

「いや、そんな話は、全然していません。もともと、兄が弱音を吐くということは、ほとんどないんですよ。むしろ、弱音を吐くのは、いつも、僕のほうですからね。よく、兄に助けられていました。だから、僕にとっては、ありがたい兄なんですよ」

英夫がいった。

「お兄さんの性格は、どんなものですか？」

「それは、弟の僕から見てということですか？」

「ええ、それでいいんです。あなたが思っていることを、そのまま話していただけませんか？」

「そうですね」

と、英夫は、一拍置いてから、

「今もいったように、兄は、強い性格でした。負けず嫌いなんですよ。僕は、運動が苦手ですが、兄は、小さいころから、運動が得意でしたね。大学では、サッカーをやっていた筈です。兄の大学のサッカー部は、相当のところまでいったんじゃなかったですかね？」

「お金の面は、どうですか？　金の遣い方について、シビアだったか、それとも、鷹揚で、困っている人間がいると、すぐに、経済的に援助したくなるほうだったとか、そういうことを、おききしたいんですが」

「そうですね。お金を儲けるのは、兄は、とても上手かったですよ。しかし、遣うということには、シビアなところがあって、例えば、昔の友人なんかが、借金を頼みに来たとしても、キッパリと、断っていましたね」

「弟のあなたに対しては、どうでしたか？」

十津川がきくと、英夫は、苦笑して、

「僕は、今まで一度も、兄に借金をしたことがありません。これはウソじゃありませんよ。僕は、金儲けはヘタですけど、地道にやって来ましたからね。ですから、兄にはもちろん、誰からも、借金はしていません」

「最後に、もう一つ、おききしたいのですが、お兄さんの死体の顔の上に、古い穴あき銭、つまり一文銭ですが、それが六枚のっていたんです。このことは、おききになりましたか？」

「ええ、日本に着いてから、新聞で読みました」

「それについて、どう思われますか？　犯人が、置いたに違いないのですが、どうして、犯人が、そんなことをしたのか、何か心当たりがありますか？」

十津川がきいた。

「いや、全くありませんね。僕は、そんな一文銭など、見たことがないし、兄も古銭の収集なんか、していませんでしたからね。兄を殺した犯人が、どうして、そんなことをしたのか、全く見当がつきません。警察のほうで、分かったことがあるんですか？」

今度は逆に、英夫がきいた。

「残念ながら、まだ何も分かっていません。死体の顔の上に置いてあった、六枚の一文銭については、犯人からのメッセージだとは、思うのですが、何のメッセージなのか、全く分かっていません」

「兄を殺した容疑者は、浮かんできているのですか？」

「それもまだ、残念ながら、見つかっては、いないのですよ。お兄さんは、週刊誌などで、ベンチャービジネスの、輝かしい旗手のように書かれていますから、何人かの人間に妬まれていたのではないかと想像はつくのですが、それでも、犯人が妬みだけで、お兄さんを殺したのか、その点は、まだ分かっていないのです。それに、亡くなったお兄さんですが、財布に、現金で百万円持っていましたし、一千万円はする高価な、腕時計を身につけてもいましたが、犯人は、そのどちらも奪っては行きませんでした。逆に、今いった一文銭六枚を残して、姿を消しているんです。ですから、考えられるのは、物取りの犯行ではなくて、お兄さんを、恨んでいた人間が、怨恨で、殺したのではないかということで、それが、今、私たちが考えていることです。ですから、弟さんのあなたが、どんなことでもいいんですが、お兄さんの日常生活で、何か心当たりがあったら、教えていただきたいのです」

と、十津川がいった。

「困りましたね。僕は、大学を卒業するとすぐ、アメリカに行ってしまいましたからね。兄とは、あまり交流がなかったんです。最後に話したのも、もう二ヵ月も前の一月末ですからね。ベンチャービジネスで成功したということは、知っていましたが、それ以外のことは、正直いって、あまり知らないんです」

「お兄さんの個人資産ですが、十数億円です。それが、唯一の肉親である、弟のあなたのところに行くことになりますね。それについて、どう思いますか？」

十津川は、少し意地悪なことを、きいてみた。

「困ったな。いきなり十数億円といわれても、僕には、全く実感がありません。こんな質問をするということは、刑事さんは、僕が、その大金の遺産を狙って、兄を殺したと、思っていらっしゃるんですか？」

「正直にいえば、動機としては、十分だと思います。しかし、あなたは、お兄さんが殺された時、日本にはいなかった。あなたも、あなたの奥さんもです。これははっきりしていますから、あなたや、あなたの奥さんが、容疑者ということは、考えていませんよ。その点は、ご心配にならなくても結構です」

十津川は、安心させるようにいった。

「兄が作った四谷の設計事務所は、どうなるんですか？」

今度は、英夫がきいた。

「副社長の人が、引き継いで、これからも、同じ仕事をやっていくそうですから、あの設計事務所が、潰れるということはないと思いますね」

「そうですか。それをきいて、安心しました」

英夫は、笑顔で肯《うなず》いた。

4

翌三月二十九日、捜査本部の十津川に、上司の、本多《ほんだ》捜査一課長から、電話が入った。

「すぐ、中央線の三鷹《みたか》駅の近くにあるコーポ三鷹という、マンションの五〇二号室に、急行して欲しい」

「何か、こちらの事件と、関係する事件が起きたんですか？」

「その点は、まだ、はっきりしないのだが、その五〇二号室で、二十八歳のクラブのホステスが殺された。初動捜査班の連絡では、三月二十二日に、殺された村上和雄と、殺され方が似ているというんだ。だから、君は、すぐ、現場に急行して、二つの殺人事件に、果たして共通するものがあるのかどうか、それを確認してもらいたいんだよ」

と、本多がいった。

すぐ、十津川は、亀井と二人、パトカーで三鷹に急行した。その途中で、本多から電話が入り、問題のコーポ三鷹の、正確な位置が知らされた。

コーポ三鷹に着くと、すでに、その七階建ての古いマンションの入り口のところに、二台のパトカーが停まっていた。初動捜査班の車である。

五階まで上がっていくと、初動捜査班の中村警部が、十津川を見つけて、

「すぐ、死体を見てくれ」

と、いった。

十津川と亀井は、五〇二号室に入り、二DKの奥の寝室をのぞいた。

ベッドの上に、ネグリジェ姿の若い女性が、死体となって、仰向けに寝かされていた。

その顔の上に、穴あき銭、一文銭が六枚、まるで顔に張り付いているみたいに並べてある。

「どうだね？」

後ろから、中村がきいた。

「現場の様子は、少し違っているが、死体の顔の上に置かれた一文銭六枚は、全く同じだな」

「そうだろう。だから、捜査一課長に、君を寄越してくれと頼んだんだ」

「この死体の身許《みもと》は、分かっているのか？」

「名前は、志賀治美《しがはるみ》。二十八歳。中野にある『セカンドラブ』という、クラブのホステスなんだ。店での名前は、マキになっている。死体で発見されたのは、今日の午前九時だ。

彼女、昨日は、店を無断で欠勤していてね。様子を見てくれと、店のマネージャーが、このマンションの管理人に、電話をしてきたというんだ。それで、管理人は今朝、五〇二号室に来てみると、鍵が掛かっていなかった。中に入ってみると、ご覧の通り、ベッドの上で、志賀治美が、殺されていたということだ。おそらく、死因は、背後から刺されたことによるショック死かな」

「その点も、三月二十二日の事件と、よく似ているね。二十二日に殺された村上和雄も、背中から、三ヵ所刺されて殺されたんだ」

「こちらは、傷は二ヵ所だよ。凶器は発見されていない」

「その点も同じだな。笹塚の事件でも、凶器は、まだ発見されていないんだ」

「となると、犯人は、同一人物ということも考えられるな」

「その点は、慎重に考えたいね」

十津川が、用心深くいった。

「これで、引き継いだから、後は、君たちが調べてくれ」

そういって、中村たち、初動捜査班は、引き上げていった。

十津川は、改めて現場に、西本や日下たち刑事を呼んだ。

亀井は、二DKの室内をゆっくりと見回してから、

「それほど、売れっ子のホステスだったとは、思えませんね」

「カメさんのいう通りだ。しかし、犯人が同一人物だとすると、二十二日に殺された村上和雄と、今ここに横たわっているホステスの志賀治美との間には、格差がありすぎるが、何か共通点があるのかも知れない」

「まさか、殺された村上社長の女が、この治美というホステスで、時々、村上社長がこのマンションに、訪ねてきていたりしたのではないでしょうね？　もし、そうなら、二人の関係の共通点が、簡単に、見つかってしまうことになりますが」

亀井が、あまり自信のない様子でいった。

十津川は、刑事たちに向かって、

「この部屋の中を調べて、二つ、見つけて貰いたいものがある。一つは、第一の被害者、村上和雄の痕跡が、この部屋にあるかということだ。もし、それが見つかれば、二人の間には関係があるということになって、共通点が、簡単に見つかる。もう一つは、容疑者の件だ。この二ＤＫの部屋から、犯人のものと思われる名前なり、写真なりが見つかれば、大きな、進歩だと思っている。この二つを考えながら、部屋の中を徹底的に調べてもらいたい」

と、いった。

刑事たちが、一斉に、部屋の中を調べだした。

しかし、十津川が求めているものは、なかなか見つからなかった。

村上和雄の名前も、見つからないし、写真も見つからない。また、容疑者らしき人物からの手紙なども、見つからなかった。

十津川は、管理人を呼んで、被害者、志賀治美のことをきいてみた。

「彼女が、ここに住み始めたのは、いつからですか？」

「確か、二年前からです」

と、管理人はいった。

「この部屋に、特定の男が、訪ねてきていたということは、ありませんか？　例えば、この男性ですが」

十津川は、村上和雄の顔写真を、管理人に見せて、きいた。

初老の管理人は、眼鏡をかけ直して、その写真をじっと見ていたが、

「この男の人は、見たことがありませんね」

首を横に振った。

「では、ほかに、誰か、しばしば訪ねてきた男性はいませんでしたかね？」

「いや、私が知る限りでは、そういう、特定の人が、志賀さんのところに、来ていたとい

うことはありませんね」

「彼女は、どこの生まれか、わかりませんか？」

亀井が、きいた。

管理人は、ちょっと、考えてから、

「何でも、東北の生まれだときいたことがありますよ。ああ、そうだ。確か、宮城県の白《しろ》石《いし》という市、そこの、生まれだといっていましたね」

と、うなずくようにして、いった。

ひょっとして、笹塚で殺されていた村上和雄と、こちらで殺されたホステスが、同郷ではないかと思って、亀井はきいたのだが、どうやら違っていたらしい。

十津川は、腕時計に目をやった。

現在五時ちょうどである。

「夜になったら、被害者が働いていた、中野のクラブに行ってみよう。彼女が殺された理由が、このマンションの中のことではなくて、働いていた、クラブのほうにあるかも知れないからな」

十津川が、いった。

夜九時になってから、十津川は、亀井と二人で、中野のクラブ「セカンドラブ」に行ってみた。

さほど大きな店ではない。ホステスの数は、全部合わせても、十七、八人といったところだろう。

十津川と亀井は、ママに会って、殺された、志賀治美についてきいてみた。

「そうですね。こちらでは、マキという名前で働いてもらっていたんだけど、真面目で、一生懸命に、働いてくれていましたよ。でも、彼女、ホステスとしては、華やかなところがあまりなくて、店での人気は、ちょうど中程といったところでしょうかね」

と、ママがいった。

「誰か、なじみの客というのは、いたんですか？」

「今もいったように、彼女には、ちょっと暗いところがあったので、おなじみのお客さんというのは、いませんでしたよ。でも、一生懸命真面目に、働いてくれているので、私は、彼女のことを、大事にしていましたよ」

「この店に、村上和雄という男性が、遊びに来たことはありませんか？」

十津川がきくと、ママは、小さく、首を横に振って、

「その人って、確か青年実業家で、先日、車の中で、殺されて、発見された人でしょう？

そういうお金持ちが、ウチの常連客になってくれたら、嬉しいんですけどね。残念ながら、

一度も、お見えになったことはありませんよ」

はっきりした口調でいった。

「彼女は、東北の、宮城県白石市の生まれでしたね？」

「ええ」

「彼女の両親は、今でも、健在なんでしょうか？　ママさんは、ご存じないですか？」

「ええ、知っていますよ。確か、向こうで、小さな飲み屋をやっているときいたことがありますよ」

「では、時々、彼女は、郷里に帰っていたんでしょうか？」

「さあ、その点は、どうかしら？　詳しくきいたことはありませんけど、確か去年だったか、お正月に帰った時、向こうのお土産を持ってきて、私にくれたことがありますよ。だから、たまには、田舎に帰っていたんじゃありませんか？」

ママはいった。

「彼女、古銭を、集めていたというようなことは、ありませんでしたか？」

十津川が、きくと、ママは、不思議そうな顔になって、

「古銭って、日本の、古いお金ですか？」

「ええ、穴の空いた一文銭ですが」

十津川が、いうと、ママは、

「さあ、マキちゃんに、そんな趣味があったかしら？」

と、いい、ほかのホステスを呼んで、きいてみてくれた。

しかし、どのホステスも、殺された志賀治美には、日本の古銭を、集めるような趣味はなかったと、断言した。

あまり収穫もなくて、十津川と亀井の二人は、捜査本部に、引き上げることになった。

ただ、二つの事件には一文銭という共通したものがあり、犯人は同一人物かも知れないということで、正式に、十津川班が、三鷹の事件も、捜査をすることになった。

その日の捜査会議で、十津川がいった。

「私は、二つのことを知りたいと思っている。第一は、犯人の動機だ。犯人は、第一の事件でも第二の事件でも、死体の顔の上に、一文銭を、六枚置いている。いわゆる六文銭だ。今のところ、この六文銭については、三途の川の渡し賃としか、考えられていない。しかし、これは明らかに、犯人からの、メッセージと考えざるを得ない。だから、犯人のメッセージの、意味が分かれば、この二つの事件について、捜査の進展を見ることができる。第二は、三月二十二日の夜に、殺された村上和雄と、三月二十九日に、死体で発見されたホステスの志賀治美の二人の共通点だ。今のところ、六文銭以外に、共通点らしきものは、見つかっていないが、この二つの殺人事件が、同一犯人によるものであれば、被害者の二人には、必ず何か共通点があるはずだ。だから、今いったように、六文銭に秘められた犯人のメッセージと、それから、被害者二人の共通点、この二つを重点的に、調べてもらいたいんだよ」

第二章　共通項を求めて

1

二つの事件は、「六文銭殺人事件」と呼ばれることになった。

捜査本部は、当初から、この二つの事件は、同一人物による、犯行と考えていた。その根拠は、殺し方の類似があり、また、どちらの被害者の顔の上にも、六枚の一文銭が、置いてあったという事実からである。

同一犯とすれば、第一の殺人事件の被害者、設計事務所の社長、村上和雄と、第二の事件の被害者、ホステスの志賀治美との間には、何らかの、共通点があるはずだという考えも持っていた。

その共通点が見つかれば、そこに犯人の動機があるのではないか？　それが期待されたのだが、しかし、いくら調べても、一向に共通点は、見つからなかった。

司法解剖の結果、第二の事件の被害者、志賀治美が、殺されたのは、発見された三月二十九日の午前一時から二時の間であるとわかった。これで、被害者が、ネグリジェ姿のまま殺されていた理由も、分かってくる。

「被害者に、ほとんど抵抗の跡がないのが、不思議ですね」

と、いったのは、亀井だった。

「犯人は、三月二十九日の深夜、おそらく、午前零時を過ぎてから、マンションに、志賀治美を、訪ねていったものと思われます。そんな犯人を、被害者は、ネグリジェ姿で、迎えているんです。そして、カギを開け、部屋に招き入れた。どう見ても、警戒の様子がないんですよ」

「とすると、犯人は、志賀治美と顔なじみで、よく知った人間ということになってくるが、そうなると、犯人は、彼女とも親しかったし、同時に、第一の事件の被害者、村上和雄とも親しかったことになる。ところが、今のところ、被害者二人には、何の共通点も見つかっていないんだ」

十津川が、不思議そうに、いう。

「いくら調べてみても、共通点が何もない。それが、私にも、納得できないんですよ」

亀井も、首を傾《かし》げながら、いった。

ただ、捜査を進めていくと、意外なことが、分かってきた。

最初に分かったのは、第二の被害者、志賀治美のことだった。

彼女の両親が、宮城県白石市の商店街で、小さな飲み屋を、やっていることは、事件直後にわかったのだが、同じ白石市内で、志賀治美の伯父に当たる、志賀敏夫《としお》という男が、志賀建設という、かなり大きな建設会社の社長をやっていることが分かったのである。

志賀敏夫は、現在六十歳。志賀治美の父親の兄に当たる。

この志賀敏夫が、今回の、東京での殺人事件と関係があるのかどうかは、分からなかったが、十津川は念のため、宮城県警に、この志賀敏夫について報告してもらうことにした。

一日経って、宮城県警から、ファックスで回答が送られてきた。

〈お問い合わせの志賀敏夫について、ご報告します。

志賀敏夫は、現在六十歳。妻、綾子《あやこ》、五十五歳です。

白石市内で志賀建設という、中堅の建設会社を経営しておりますが、バブルが崩壊した後も、多くの土木事業を国、あるいは、県から請け負って、現在も、仕事は順調です。

宮城県、あるいは、白石市では、志賀敏夫は、一応、名士ということで通っており、妻、綾子の弟は、現職の、宮城県議会の議員でもあります。

長男の敏之《としゆき》は、すでに結婚しており、現在、父親の経営している志賀建設で、設計部長をやっております。

ご照会のように、この志賀建設の社長、志賀敏夫が、同じ白石市内で、小さな料理店をやっている、被害者、志賀治美の父、志賀進の実兄であることは、間違いありません。

ただし、二人の間には、現在、ほとんど交流がないようで、二人が兄弟であることを知っている人は、地元でも、それほど多くないと思います。

また、志賀敏夫、及び妻、綾子の三月二十九日のアリバイですが、この日、志賀敏夫は、仕事上のつき合いのある白石ホテルの社長と、県下のN温泉に行っており、二人が三月二十九日に、同温泉のKホテルに、宿泊していたことは、間違いありません。

また、妻の綾子は、息子夫婦の家に行っていて、これも、アリバイが立証されております。

志賀敏夫及び妻の綾子、また、長男の敏之に、前科はありません。

最後に、志賀敏夫夫婦と、東京で殺された志賀治美との関係ですが、志賀敏夫にきいたところ、彼は、こう証言しています。

治美は、子供の頃は、よく家に遊びに来ていた。しかし、成人してからは、ほとんどつき合いがない。東京に行っていることは、知っていたが、しかし、ホステスをやっていたことは、全く知らなかった。

治美が、殺されたことを知って、心を痛めている。

これが、志賀敏夫の証言です。

以上、取り急ぎ、ご報告いたします〉

これが、宮城県警からの回答だった。

2

〈第二の被害者、志賀治美に、資産家の伯父がいたことは意外だったが、それが、殺人の動機になるかどうかは、慎重に考える必要がある〉

と、十津川は、思った。

第一の被害者、村上和雄については、その逆のことが分かってきた。

今まで、村上和雄は、その成功した青年実業家で、高級マンションの、室内装飾を手掛け、あるいは、資産家の別荘や、あるいは、高級店の内装を手掛けて、成功したと思われていた。

彼の経営する設計事務所は、年商二十億円、そして、個人資産は十六億円あまりで、高級外車マセラッティを、乗り回したり、大型のクルーザーを所有している。

こうした印象を持っていたのだが、捜査が進んでいくと、少しずつ、雲行きが怪しくなってきたのだ。

最初に、雑音がきこえてきたのは、被害者が住んでいた、新築の高級マンションに関してである。

村上が購入した時、一億八千万円という話だったが、それが、密かに、売りに出されていたという話が入ってきた。

村上から、そのマンションの売買を、頼まれていたという、不動産会社の社長の証言は、こうだった。

「村上さんは、いやに急いでいるようでしたね。あの辺の物件なら、あまり値下がりはしていないから、時間をかけて売れば、かなり高値で売れるんですよ。だから、慌てることはないと私が、そういったのに、村上さんは、とにかく、一日でも早く売って欲しい。その一点張りでしたね。それも内密にですよ」

「早く売りたいという理由を、村上さんは、いっていましたか？」

十津川が、きいた。

「村上さんの話は、こういうことでした。自分の設計事務所は、四谷にある。だから、新しく、四谷の近くに建設される高層マンションに住むことにしたい。だから、今住んでいる、あの新宿のマンションを、早く売りたいんだと、そういうことでした」

「その話、納得できましたか？」

「いや」

と、不動産会社の社長は、苦笑して、

「新宿に住んでいたって、四谷までなら、車を飛ばせば、二十分もかかりませんからね。それに、四谷付近で、あの新宿のマンションに匹敵するような、高層マンションが建設される予定なんて、全くないんですよ。だから、何かおかしいなと、私は、思っていたんですけどね」

もう一つは、村上の設計事務所で働いていた十人の、優秀なコーディネーターのうち、五人が急に辞めるという話が、十津川の耳に入ってきたことだった。

十津川と亀井は、その五人のうちの一人と会った。

斉藤というその男は、十津川の質問に対して、苦笑しながら、

「そろそろ、逃げ出したほうが、いいかなと思いましてね」

と、いった。

「逃げ出すというのは、穏やかな表現じゃありませんね？　いったい、何があったんですか？　あの設計事務所は、社長の村上さんが亡くなった後も、今まで通り、どなたかが、引き続いてやっていくという話を、きいているんですが」

「ええ、もちろん、事務所は、これからも存続していきますよ。しかし、村上社長がいなくなってしまいましたからね。それまで隠れていた問題が、明らかになってきて、事務所が、何だか、おかしな方向に行っているんです。ひょっとすると、潰れることもあるかも知れません。そうなってからじゃ遅いので、今のうちに、逃げ出そうと思っているんです。私に賛同してくれている人も、何人かいますから、村上設計事務所を辞めて、自分たちの、新しい設計事務所を開こうと思っていますよ」

「しかし、ああいう、設計事務所というのは、何といっても、信用が第一なんじゃありませんか？　あの村上さんの設計事務所は、年商二十億円も、あるんでしょう？　そこを辞めて、自分たちだけの、事務所を作るというのは、冒険なんじゃありませんか？」

亀井が、きいた。

斉藤は、また苦笑して、

「年商二十億円というのは、ウソですよ」

と、いった。

「しかし、税務署には、そう申告していたんじゃありませんか。われわれは、去年の申告書を見て、そこに、年商二十億円近い数字があったので、ずいぶん流行《はや》っているんだなと思って、感心したんですけどね。あれは、粉飾決算だったんですか？」

「去年の申告は、四億円の黒字になっていますよ。しかし、その前年は、ほとんど儲かっていないんですよ。それに、その前の年もですよ。今、この業界もなかなか難しいですからね。それなのに、急に去年だけ、四億円もの、黒字になったんです。どう考えてみても、村上社長が、裏で何か、怪しいことをやっていたとしか、思えないじゃありませんか？」

斉藤が、決めつけるように、いった。

「しかし、あなたがいうことが本当なら、どうして、村上社長は、儲かってもいないのに、四億もの黒字が出たと、申告したんでしょうかね？」

「それは、私には分かりません。亡くなった村上社長は、一人で、何もかも全部やってしまうようなワンマンな人でしたからね。われわれが、何かをいっても、全くきこうとはしない人だった」

「しかし、全く儲かっていなかったとは、考えにくいんですけどね。だって、村上社長は、高価な、大型クルーザーを持っていたし、亡くなった時だって、マセラッティの新車に乗っていたんですよ。あれも、斉藤さんにいわせると、全部、粉飾決算ということになるんですか？」

「あのクルーザーは、確か五年くらい前に買ったもので、その頃はまだ、儲かっていたんですよ。といったって、四億円は、儲かりませんよ。せいぜい、一億円ぐらいの、儲けじゃなかったですかね。その頃に買ったもので、マセラッティのほうは、少しビックリしているんですよ。今もいったように、四億円の黒字なんて、ウソですからね。むしろ、私は、去年は、赤字になっているんじゃないかと思っているんです。それなのに、無理をして、あんな高価な新車を買ったから、何を考えているのか、分かりませんでしたね」

「確か、村上設計事務所は、上場していませんでしたよね？」

十津川が、きいた。

「ええ、株なんか、上場していませんよ」

「それなのに、なぜ、去年一年間で、四億円の黒字を出したなどと、村上さんは、ウソの申告をしたんでしょうか？　もし、株を上場していれば、株価の値上がりを狙って、粉飾決算をしたというのは分かりますがね。無理して黒字の計上を、したりすれば、その分、余計な税金を、払うことになるわけでしょう？　いったい、何が目的だったのか、よく分かりませんね」

十津川が、いうと、斉藤は、肩をすくめて、

「われわれにだって、全く理解できませんよ。そういう会社に、いつまでもいるのは怖いので、だから、今もいったように、潰れる前に、サッサと、逃げ出すことにしたわけですよ」

と、十津川にいった。

3

十津川と亀井は、税務署に行って調べてみた。

去年の申告は、すでに調べてあったのだが、もう一度、念入りに調べてみたのだ。間違いなく、村上設計事務所は、四億円の黒字を申告していた。

正確にいえば、黒字額は、三億八千五百万円である。そして、それに対する税金を、払っている。

十津川は、二年前、三年前の、村上設計事務所の申告も調べてみた。

確かに、斉藤がいっていたように、二年前の申告では、わずかに一千万円の黒字、そして、三年前は、二千万円、そして、四年前まで、逆のぼると、やっと一億円近い九千万円

の黒字を申告していた。

 それがどうして、去年の分について、三月の申告で、四億円もの大きな黒字を申告したのだろうか？　それも、三月一日に、早々と申告しているのである。

　その点について、四谷の税務署長が、こんなことをいった。

「去年までは、村上設計事務所の申告は、専門の税理士がやっていたんですよ。ところが、今年三月一日に、見えた時には、村上社長ご本人が、直々に書類を持ってきて、申告していきました」

「その時の村上社長の様子は、どうでしたか？」

　十津川がきいた。

「嬉しそうな顔をなさっていましてね。今まで、あまり儲けが、なかったけれども、去年は、全ての仕事がうまく行って、お陰で大幅な黒字になりました。嬉しいので、税理士には任せておけず、自分自身で、こうして申告にやってきました。そんなことを、おっしゃっていましたよ」

　と、署長がいった。

「その時、少しおかしいとは、思われませんでしたか？　前年は、一千万円程度の黒字だったわけでしょう？　その前年だって、そんなに大きな、黒字ではありません。それが急に、四億円もの大幅な、黒字申告ですからね。少しおかしいとは、思いませんでしたか？」

十津川がきくと、税務署長は、首を傾げて、

「どうしてです？　あの設計事務所が、株を上場でもしていれば、粉飾決算じゃないかと、私も、そんなふうに思いますがね。でも、株は上場していないんだから、黒字を申告することは、事務所にとって、別にプラスになることは、何一つないんですよ。ただ、税金が多くなるだけでしょう？　税務署長である私がいうのも、ちょっと変な話ですが、そんなバカなことを、するはずがありません。ですから、よかったですねといって、書類を受け取ったんです」

「儲かっていないのに、四億円も儲かっているとしておいて、銀行からの融資を受ける。そういうことは、考えられませんか？」

同行した亀井が、署長にきいた。署長は笑って、

「年間に、四億円もの黒字を出していながら、それで、銀行に行って融資を頼んだら、銀行のほうが、おかしいと思うんじゃありませんか？」

と、いった。

確かに、その通りだった。

念のために、村上設計事務所が、取引していたM銀行四谷支店に、問い合わせたところ、今年の三月に入ってから、村上社長から、融資をしてくれという申し入れはなかったという。

当然、村上和雄の、個人資産十六億円という話も、おかしくなってきた。

十津川は、もう一度、村上和雄の個人資産について、調べ直してみることにした。

殺人事件の直後、個人資産がいくらぐらいあるか、それを調べたのだが、時間がなかったので、大ざっぱな調べ方しかできなかった。それを今度は、厳密に調べようとしたのである。

調べていくと、少しずつおかしな具合になってきた。

例えば、四谷の設計事務所は、ビルの中にあり、そのビルも、村上和雄の所有という話になっていたが、厳密に調べてみると、それは村上和雄の所有ではなくて、借りていることが判明した。

さらに奇妙だったのは、村上和雄が住んでいた、新宿の高級マンションで発見された、何通かの、定期預金の証書だった。

そのほとんどが、取引銀行の、M銀行が発行した定期預金の証書である。いずれも高額な証書で、二億円だったり、三億円だったりする証書である。

最初に見たとき、まさか、それが、偽造されたものとは、十津川は思わなかった。何しろ、去年一年間の営業成績が、四億円の黒字と、申告した青年実業家の、それも、高級マンションの金庫の中にあった定期預金の証書である。

しかし、今回、それを改めて調べてみると、すべての証書が、偽造されたものだったのである。

四月三日に、開かれた捜査会議の席上で、十津川は、捜査本部長の三上《みかみ》に、このことを報告した。

「第一の被害者、村上和雄と、第二の被害者、志賀治美について、その後も調べを進めていったところ、相反するような事実が分かりました。まず、第一の被害者、村上和雄ですが、最初、成功した青年実業家だと考えていました。彼が四谷で、経営している設計事務所は、去年、四億円もの黒字を計上し、また、十六億円にも及ぶ個人資産を持ち、そして、大型クルーザーや、高級外車マセラッティを所有している。そうしたことが、あるいは、殺された理由ではないかと、考えたのですが、調べるにつれて、驚くべきことが次々に、わかってきました。去年一年間の村上設計事務所の収益は、四億円の黒字どころか、おそらく、いいところ一千万円ぐらいの黒字に、過ぎないのではないか？　現に、二年前、三年前について調べたところ、二年前は約一千万円、三年前は、約二千万円の黒字でしかないことが分かってきました。それから、当初十六億円と見られていた、村上和雄本人の個人資産ですが、これも驚いたことに、マンションの金庫の中で見つけた、高額な定期預金の証書、これは、巧妙に作られた、偽造証書であることが判明しました。彼は新宿の高級マンションに住んでいたわけですが、そのマンションを、一刻も早く、売ろうとしていたことも分かりました。これらのことから、分かってきたのは、村上和雄は成功した資産家であるどころか、逆に、金に困っていたのだろうということです。

次は、二番目の被害者、ホステスの志賀治美ですが、彼女について、最初に調べた時は、あまり売れないホステス、そして、彼女の実家は、小さな飲み屋で、資産家ではない。とすると、なぜ、そんな彼女が、殺されなければならなかったのか？　それが不思議で仕方なかったのですが、ここに来て、彼女には、資産家の伯父がいることが分かりました。この資産家の伯父、名前を志賀敏夫という六十歳の男ですが、同じ郷里の白石市で、建設会社をやっており、地元では名士で、また、事業も成功しているようです。現在、この成功者の伯父と、彼の弟である志賀治美の父親とは、あまり交流がないようですが、志賀治美自身は、小さい時に、この資産家の伯父のところに、よく遊びに行っていて、可愛がられていたことが分かりました。しかし、彼女が成人してからは、あまりつき合いがなく、また、志賀治美が、東京でホステスをやっていたことは、この資産家の伯父とその妻は知らなかったようですし、また、志賀治美が殺された時のアリバイは、成立しています。したがって、資産家のこの伯父夫妻が、犯人であるということはあり得ません。ただ、われわれの見方が、違ってきたことだけは、間違いありません」

この十津川の報告に対して、三上本部長は、

「私に興味があるのは、第一の被害者、村上和雄のほうだね。彼には、詐欺《さぎ》の前科か何かは、ないのかね？」

と、きいた。十津川は、

「私も、第一に、それを考えました。自分を成功した青年実業家というふうに信じさせておいて、何か、詐欺を働いたのではないか？　そんなふうに考えたのです。しかし、今のところ、村上和雄に騙《だま》されたという被害者は、現れてきていません。それに、去年一年間の申告については、今も申し上げたように、ほとんど、儲かっていないと思われるのに、四億円もの黒字を計上して、それを税務申告しています。それを考えると、この申告には、何か裏がある。何のために、わざわざ、四億円ものウソの申告をして、それに対する多額の税金を、払おうとしていたのか？　それは分かりませんが、その前の時、二年前、三年前の時は、村上和雄は、正直に、税務申告しているようです。ですから、二年前、三年前に、彼が、何か、詐欺を働こうとしていたということは、考えにくいのです」

「今、君は、四谷のビルを借りているのに、さも自分が、所有しているビルであるように見せかけたり、あるいは、定期預金の証書を偽造したりしていたといったが、その定期預金の高額な偽造を、いつ頃やったのか、それは分かっているのかね？」

「定期預金証書の偽造ですが、これは、おそらく、最近になって、行ったものと、私は見ています」

「どうして、そう断言できるのかね？」

「今も申し上げたように、二年前、三年前の場合、村上は、正直に税務申告をしているんです。ですから、自分の個人資産を、多く見せようとして、預金証書を、偽造する必要などなかったと思われます。彼が突然、粉飾決算をしたのは、今年の税務申告をした時ですから、おそらく、その時に、その四億円もの黒字の、信憑性《しんぴようせい》を作ろうとして、高額な定期預金の証書も、偽造したんだと、私は思っています」

「しかし、村上が、なぜそんなことをしたのか？　それは分かったのかね？」

「残念ながら、その点は、まだ分かっておりません」

「しかし、普通に考えれば、何か、詐欺でも働こうとしたんじゃないのかね？　私には、ほかに、定期預金の証書まで偽造する理由は、考えつかないがね」

三上は、考えながら、いった。

「私も、本部長と同じように考えましたが、しかし、第二の被害者、志賀治美のことを考えると、村上が、詐欺を働こうとしたということが、どうにも、考えづらくなってくるんです。今も申し上げましたように、第一、第二の殺人事件は、犯人は同一人物で、同じ理由によって、村上和雄と志賀治美を殺したと、私には考えられます。もし、村上和雄が、粉飾決算をしたり、定期預金の証書を偽造したりして、詐欺を働こうとした、それに対して、犯人が、怒って村上和雄を殺したのだとすると、第二の被害者、志賀治美についても、同じ理由がなければ、おかしいのです。しかし、志賀治美の場合は、彼女自身が、自分は、資産家の娘だといったりとか、あるいは、定期預金の証書を偽造したりなどはしていないのです。親戚の伯父が、郷里の白石市で、手広く建設業をやっていて、現地の名士でもある。たまたま、それが分かっただけで、彼女が、その資産家の伯父の名前を使って、詐欺を、働いたということもありません」

「本当に、彼女が、詐欺を働こうとした形跡は、まったくないのかね？」

三上が、きいた。

「村上和雄については分かりませんが、少なくとも、志賀治美については、全くありません。志賀治美については、彼女が働いていたクラブのママやマネージャーにきいてみましたが、彼女が、何か詐欺を働こうとしていたことは、ありませんね。また、店のママは、こんなふうにもいっていました。彼女は、服装も地味で目立たないほうだし、会話だって、得意なほうじゃないから、詐欺なんかを働ける筈がない。はっきりと、そう断言しました。また、郷里の白石で、小さな飲み屋をやっている両親ですが、こちらのほうも、宮城県警の話では、夫妻とも地味な性格で、とても詐欺など働けるような人間ではない。そういう報告でした」

「とすると、相変わらず、二人の被害者の間には、何の共通点も、見つからないということか？」

三上がきいた。

「残念ながら、見つかっていません。今も申し上げたように、村上和雄のほうが、本当は資産家ではなくて、少し怪しげなところがあり、逆に、志賀治美のほうには、資産家の伯父がいた。こうなると、何か共通点が見つかるのではないかと、期待したのですが、やはり、見つかりませんでした」

「最後に、これからの君の捜査方針をききたい。今、君が持っている捜査方針というのは、どんなものなのかね？」

三上が、厳しい口調で、きいた。

「今申し上げたように、期待したものは、しぼんでしまっていますが、しかし、新しく分かった、村上和雄の正体や、あるいは、志賀治美の伯父に資産家がいたこと、これには、何かを期待させるものがあります。この線で、これからも、捜査を続けていきたいと思っています」

十津川がいった。

4

十津川は、第一の被害者、村上和雄が個人資産を偽っていたこと、また、自分が経営する設計事務所の経理についても、ウソをついていたこと。この二つが、今回の殺人事件に結びついているのではないか？　その疑いが、どうしても、捨てきれなかった。

明らかに、村上和雄という男は、何かを企んでいたのだ。そして、それが三月二十二日の彼の死に、結びついているのではないだろうか？

十津川は、その線で捜査を進めることにした。

ただ、第二の被害者、志賀治美の死とは、今のところ、どうしても結びつかないが、捜査を進めていけば、どこかで繋《つな》がるのではないか？

十津川は、そんな期待も持っていた。

十津川は、亀井と二人、新しく、村上設計事務所の社長になった前田という男に、会ってみることにした。前田も、前には村上の下で働いていた、コーディネーターの一人で副社長を兼任していた。

前田には、事務所の外で会った。

事務所の中で、刑事と会うと、社員が動揺するのでと、前田がいったからである。

「五人のコーディネーターの方が、お辞めになったようですね？」

十津川がいうと、前田は、小さく肩をすくめて、

「ええ、もう、自分たちで、新しい設計事務所を作っていますよ。成功してくれるといいんですがね」

と、いった。

十津川は、単刀直入に、きくことにした。

「社長の村上さんが亡くなってから、急に、会社のことで、いろいろと噂が出るようになりましたが、新しい社長になられた前田さんは、どう、思われていますか？」

「正直にいって、困っていますよ。何しろ、ウチの腕のいい、コーディネーターが、いっぺんに五人も、辞めてしまいましたからね。何とか、立て直したいと、そればかりを念じています」

前田は、自分を励ますように、いった。

「村上さんが、今年の税務申告で、ウソを書いたり、個人資産をごまかすために、いろいろとやっていた。そういうことは、前からご存じでしたか？」

「いや、全く知りませんでした。ただ、去年の利益が、四億円もあったときいた時、すぐには、信じられませんでした。その前の年も、さらに、その前の年も、黒字は黒字でしたが、その額は、大したことが、ありませんでしたからね。急に、それが、去年一年間で何倍、いや何十倍もの利益が、上がったというんですから。実際に、現場で働いていた私たちには、全く、信用できませんでしたから。どうして、そんなウソの申告をしたのか？村上社長の思惑が分からなくて、不思議だったのは覚えています」

「これはまだ、発表していないのですが、村上さんの個人資産は、十六億円といわれていましたが、それを、調べたところ、そのうちの大半を占める、銀行の定期預金の証書が、実は、偽造だと分かったんですよ。それについては、どう思われますか？」

「その話、本当なんですか？」

前田が、驚いて、十津川を見た。

「間違いなく、預金証書は偽造でした。しかし、なぜ、村上さんが、そんなことをしたのか？われわれには、それが分からなくて、困っているんですよ」

「私にも分かりませんね。定期預金の証書を偽造したって、いざ、それを、現金に換えようと思って、銀行に持っていけば、すぐにバレてしまうでしょう？　村上さんが、なぜ、そんなことをやったのか、私にも分かりませんよ」

「その点は、われわれも、同感でしてね。それも、村上さんが、取引のあった銀行の証書を、偽造したんですよ。今、前田さんがいわれたように、現金化しようとしたら、すぐに分かってしまう。それなのに、なぜ、そんなものを、作っていたのか？　われわれ警察も、その答えが見つからずに、困っています」

亀井が、正直にいった。

それに続けて、十津川が、

「村上さんは、いったい、何をしようとしていたんでしょうね？　二年前、三年前は、ウソの税務申告はしていないんですよ。それなのに、急にここに来て、ほとんど会社が儲かっていないのに、二十億円もの年商があったとしたり、あるいは、個人資産がそれほどないのに、無理をしてマセラッティの新車を買ったり、銀行の定期預金の証書を偽造したりしていた。何をしようとしていたのか、前田さんにも、本当に分かりませんか？」

と、きくと、前田も、小さく首をすくめるようにして、

「全く分かりません。今、刑事さんがいわれたことを、私は、知りませんでしたからね。

定期預金の偽造証書のことも、最近、事件後に知ったことですから、村上社長が何を考え、何をしようとしていたのかは、全く分かりません。考えてみれば、そんなことをする必要はなかったんですよ。年商二十億円なんていうのはウソですが、少なくとも、赤字では、なかったんですからね。二年前は一千万円ぐらいでしょう？　その前だって、黒字が出ていたんですから。どうして、今年になって急に、そんなバカなことをしようとしたのか？　どうにも見当すらつきません」

「最近、村上社長の周辺で、何かおかしなことが、起きていませんでしたか？」

「おかしなことといわれましてもね。プライベートなことは、私たちには、よく分かりませんから」

逃げるような形で、前田がいった。

「村上社長さんとは、個人的なおつき合いは、なかったんですか？　社長と社員とは、どんな関係だったんでしょう？」

「今もいったように、村上社長は、仕事が終わってから、社員と一緒に飲んだりとか、食事をしたりとか、そういうことは、一切しない人でしたよ。だから、われわれも、社長のプライベートなことは、ほとんど何も知らないんです」

「そうすると、村上社長が住んでいた新宿のマンションなんかにも、行ったことはなかったんですか？」

「いや、ありました。二、三回ですがね。豪華なマンションでしたよ」

と、前田がいった。

その後、十津川は、さらにいくつかの質問をしたが、結局、前田との話し合いでも、犯人に、繋がるようなことは、何一つ聞くことはできなかった。

5

十津川は、何とか捜査の壁を破ろうとして、次に、第二の被害者、志賀治美の郷里である白石市を訪ねてみることにした。

治美の両親とは、事件の直後に会っている。今回特に、十津川が会いたいと思ったのは、伯父で、建設会社をやっている志賀敏夫だった。

その志賀敏夫は、会社を、JR白石駅の近くに持ち、そして、市の外れに豪華な自宅を持っている。

十津川は、亀井と二人、まず、その建設会社のほうを訪ねてみた。

東北の建設会社というので、何となく、やたらに豪華な建物を想像していたのだが、実際に来てみると、ガラスをふんだんに使った、近代的な、三階建てのビルだった。

ただ、玄関を入ったところに、社長の志賀敏夫の胸像が立っていたりするのは、やはり、地方の、建設会社の社屋というべきだろうか？

二人は、広い社長室で、志賀に会った。

十津川と亀井が、改めて挨拶すると、志賀は、渋面を作って、

「わざわざ、東京から白石までお出でくださった刑事さんに、こんなことを申し上げるのは何ですが、私は、東京で死んだ姪のことは、ほとんど、知らんのですよ。彼女が、東京でホステスをしていたことも知らなかったし、彼女の両親、私にとっては、弟夫妻に当たるのだが、あの弟夫妻のこともよく知らんのです。何しろ、最近は、ほとんどつき合いがありませんから」

と、機先を制するように、いった。

「実は、治美さんのご両親も、彼女が、東京で、ホステスをやっていたことは、全くご存じなかったようです」

と、十津川がいった。

「そういう呑気なところが、弟夫妻にはあるんですよ。それが、今度の事件を、引き起こしたんじゃありませんかね？　もっとしっかりと、娘のことを、把握していたらよかった

のにと、私は思いますよ」

「治美さんですが、子供の時には、よく遊びに来たそうですね？」

「ええ、よく来ましたよ。うちに泊まっていったこともあります。あの頃の彼女は、可愛かったし、息子が、その頃はもう大きくなっていたので、娘のような感じで、私や家内は、治美と接していた。そんな感じでしたね。ただ、治美が大人になってからは、あまり遊びに来なくなったし、東京に行く時も、ただ電話で、これから東京に行って来ますとしか、連絡してこなかったんですよ。ですから、今もいったように、彼女が、東京で何をやっていたのかは、全く知りませんでした。ウソじゃありませんよ」

「とすると、上京した後、彼女からは、全く連絡がなかったんですか？」

亀井がきいた。

「いや、何回かは、電話がありましたよ」

「そんな時、彼女、どんな話をしていたんですか？」

「今もいったように、ホステスをしているなんてことは、一度も、きいたことがありませんでした。東京で働いて、一人で生活をしているというようなことは、いっていたと思いますけどね。こちらも、詳しいことは、ききませんでした」

「それでは、治美さんが、東京で殺されたということを、おききになった時は、ビックリされたんじゃありませんか？」

「それはもちろん。私にとって、姪に当たりますからね。ビックリはしましたよ。しかし、私は、何も知らんのですよ。犯人の心当たりもないし」

志賀は、これも、先回りしたいい方をした。

「いちばん最後に、治美さんから、志賀さんのところに、電話があったのは、いつ頃ですか？」

十津川がきいた。

志賀は、すぐには答えず、しばらく考えてから、

「いつだったかな。確か、去年の暮れじゃなかったですかね。でも、よく覚えていないんですよ」

「その時の治美さんの電話ですが、何か困っているようなことは、いっていませんでしたか？」

「困っているようなことって、どんなことですかね？」

「例えば、東京で、何か事件を起こして困っている。だから、助けて欲しい。そんなことは、いっていませんでしたか？」

「いや、そんな話は、全くしていなかったですね。いつものように、東京で、元気に頑張

っていると、そんなことをいっていましたよ」

志賀がいった。

「こちらで、勝手に、いろいろと調べさせていただいたのですが、兄弟親戚を引っくるめて、いちばん成功して、資産をお持ちなのは、あなただということが分かったのです。それで、お聞きするのですが、志賀治美さんとか、あるいは、志賀治美さんの両親、今、この白石で、小さな飲み屋をやっているそうですが、お金を貸してくれとか、何か助けてくれとか、そんなことをいわれたことはありませんか？」

十津川がきくと、志賀は、苦笑して、

「東京の治美からは、助けてくれといわれたことは、一度もありませんがね。正直なところ、弟夫妻からは、よくいわれていますよ。向こうが、市内で飲み屋をやりたいといった時も、開店の資金を、貸してくれといわれたので、確か、五百万ばかり融通しましたよ。その金は、まだ返してもらっていませんが、まあ、返してくれなくてもいいと、そう思っています」

「東京の治美さんからは、助けてくれとか、お金を貸して欲しいとか、そういう電話は、一度もなかったんですか？」

改めて、十津川がきいた。

「ええ、全くありませんでしたね。これは、彼女の名誉のために、はっきりといっておきますが」

志賀は、笑っていった。

次に、十津川と亀井は、市内の繁華街で、小さな飲み屋をやっているという、治美の両親に会うことにした。

確かに、行ってみると、小さな店だった。敷地は、十坪もないだろう。そこに、二階建ての建物が建っていて、一階が飲み屋になっている。住居は、二階に違いない。

店は、まだ閉まっていて、治美の父親のほうは、魚の買い出しに行っていて、母親の聡《さと》子《こ》のほうが、応対に出てきた。

聡子は、夫と二人で事件の直後、東京まで、娘の遺体の引き取りに来ていて、十津川は、その時に会っている。

「今、お兄さんに会ってきましたよ」

と、十津川がいった。

「ずいぶん大きな建設会社をやっておられるんですね」

「ええ、あのお兄さんは、この街でも名士ですから」

聡子は、感動のない声で、いった。

（こちらの夫婦は、ひょっとすると、兄夫婦とは、あまりうまく行っていないのかも知れないな）

と、十津川は思った。

「それより、娘を殺した犯人は、見つかったんですか？」

咎《とが》めるように、聡子は、二人の刑事を見た。

「懸命に、捜査を進めているのですが、残念ながら、まだ、容疑者が浮かんでいないのですよ。それで、亡くなったお嬢さんについて、いろいろと、おききしたいと思って、東京からやって来たんです」

亀井が、聡子を見て、いった。

「でも、治美が殺されたのは、東京なんでしょう？　ここに来ても、容疑者が、見つかるとは思えませんけど」

聡子が、皮肉ないい方をする。

「確かに、おっしゃる通りなんですが、犯人の動機が、どこにあるのかが、分かりませんので、こうして伺ったのです。治美さんですが、東京に行ったのは、確か、二年前でしたね？」

「ええ」

「東京でホステスをやっていたのは、知らなかったと、あなたも、ご主人もいわれましたが、それは、本当ですか？」

「ええ、本当ですよ」

「でも、時々は、治美さんから、連絡があったはずですね。それに、正月には、こちらに帰ってきていたんじゃありませんか？」

「ええ、確かに、時々、電話がありましたし、今年のお正月も、大晦日《おおみそか》に東京から帰ってきて、五日までずっと、こちらにいましたよ」

「その間に、東京の生活を、いろいろと、おききになられたんじゃありませんか？」

「ええ、ききましたけど、水商売をやっているなんてことは、一度もいいませんでしたし、こちらも、まさか娘が、そんなことをやっているなんてことは、想像もしておりませんでした」

「では、東京で、何をやっていると、お嬢さんは、いっていたんですか？」

十津川が、きくと、聡子は、

「自分の住んでいる、マンションの近くのコンビニで働いている。そういっていましたよ」

「それを信じていたわけですね？」

「ええ、私も主人も、何の疑いも持たずに、信じておりましたよ。だって、あの娘が、水商売で働いているなんてことは、全く考えてもいませんでしたから。あの娘は、そんな派手なところのない娘なんですよ。真面目で地味で、水商売には、全く向いていない娘なんですから」

「今、お話を伺っていると、今年のお正月は、大晦日を入れて六日間、こちらにいたわけですね。その間、治美さんは、ずっとここにいたんですか？　誰かに会いに行ったというようなことは、ありませんでしたか？」

亀井が、きくと、聡子は、ちょっと、考えてから、

「確か、主人のお兄さんのところに、行きましたよ。子供の頃は、よく遊びに行っていたので、久しぶりに、行ってくるわといって、出かけていきましたよ。それから、高校時代のお友達にも、会ったんじゃないかしら？」

「志賀敏夫さんのところにも、治美さんは、今年の正月、遊びに行っているんですか？」

「ええ、行っているはずですけど」

聡子がいった。

さっき、その志賀敏夫に会ってきたが、今年の正月に、治美に会ったとは、志賀は一言もいっていなかったことを、十津川は、思い出した。

「高校時代の友達にも、会いに行ったということですが、その人の名前は、お分かりになりますか？」

亀井がきいた。

「この近くで、酒屋をやっている坂西《さかにし》さんのところの、加代《かよ》さんに会いに行ったんだと思いますけど。加代さんは、治美が、高校時代にいちばん仲のよかったお友達ですから」

聡子がいった。

十津川たちは、その店の場所を教えてもらって、坂西加代に会ってみることにした。

同じ商店街にある店である。

そこで、十津川たちは、志賀治美の、親友だという坂西加代に会った。

同じ商店街にある喫茶店で、十津川たちは、加代と一緒にコーヒーを飲みながら、話をきいた。

「あの治美が、殺されたなんて、今でも信じられません」

加代は、大きな目を剝《む》くようにして、十津川にいった。

「治美さんが、東京に行ったことは、あなたは、知っていたんですよね？」

「ええ、もちろん、知っていました。何回か電話も、ありましたから」

「彼女が、東京で、ホステスをやっていたことは、知っていましたか？」

亀井が、きいた。

「ええ、正月に会ったとき聞きましたから」

「それを聞いて、驚いたんじゃないですか？」

「どうしてでしょう？」

加代が、不思議そうに、きき返した。

「今、治美さんのお母さんに会ってきたんですが、お母さんがいっているんですよ。あの娘は、大人しくて地味だから、水商売には向いていないと思う。そういっていましたから」

十津川がいった。

「確かに、彼女は、大人しくて派手なところはありませんでしたけど、彼女には、とても負けず嫌いなところがあるんですよ。だから、自分から進んで、ホステスになったんじゃないかと思うんです。性格的に、彼女がホステスに向いていないとは、私は思いませんけど」

「そうですか。彼女、負けず嫌いな性格なんですか？」

「ええ、外見からは、想像できないとは思いますけどね。とても芯が強いんです。それに、負けず嫌い。だから、ひとりで東京にも出ていったんじゃないかと、私は思っているんです」

「だからというのは、どういうことですか？」

亀井がきいた。

「これって、刑事さんに、お話ししていいのかどうかは分かりませんけど、両親が、ここの商店街で、小さな飲み屋さんをやっているでしょう？　実は、そのことが、あまり好きじゃなかったんですよ。もっと、いい暮しをしたいと、いつもいってたんです。だから、自分が東京に出ていって、何とか成功したい、そんなふうに思って、上京したんですから。だから、水商売も平気でやったし、きっと、何とかしてお金を儲けて、この白石市に帰ってきて、みんなをビックリさせたい。そんなふうに思っていたんじゃないかと、私は想像しますけどね」

と、加代がいう。

「あなたが、最後に、治美さんと電話で話したのは、いつですか？」

「確か、今年の二月の下旬頃じゃなかったかと思いますけど、正確な日付までは、ちょっと覚えていません」

「電話は、彼女のほうから、あったんですか？」

「ええ、私が、治美にかけたのではなくて、彼女のほうから、電話をかけてきたんです。

それは、間違いありません」

「その時の電話の内容ですが、どんな些細なことでもいいんです。覚えていることがあったら、教えていただけませんか？」

「確か、ひどく明るい声で、こんなことをいっていましたよ。水商売に入っても、なかなか、芽が出なかったんだけど、でも、やっと、何とかなりそうになってきたわ。彼女、そんないい方をしたんです。それで、何とかなりそうって、どんなことなのって、きいたら、電話の向こうで、彼女、嬉しそうに小さく笑って、それはナイショよって、いっていました」

「その電話の内容ですが、今、あなたがおっしゃったことに、間違いないんですね？　治美さんは、その電話で、やっと何とかなりそう。そして、でも、それはナイショ。そういったんですね？」

十津川は、念を押した。

「ええ、そういっていました。だから、ひょっとすると、東京で、いい人でも見つけたのか？　あるいは、もっといい働き口を見つけたのか？　そんなふうに、思ったんですよ。でも、殺されてしまった」

加代が、悔しそうにいった。

そんな相手の顔を見ながら、十津川は、

（これで少し、収穫があった）

と、思った。

第一の被害者、村上和雄は、殺される前、急に何か、おかしなことを始めた。そして、第二の被害者、志賀治美は、二月下旬の、親友への電話で、何とかなりそうだけど、それはナイショといっていた。

（ひょっとすると、この二つのことに、何か事件を解くカギが、あるのではないだろうか？）

第三章　六文銭

1

再度、捜査本部では、今回の殺人事件に関する捜査会議が開かれた。

その席で、十津川は、三上本部長に向かって、第一の被害者、村上和雄と、第二の被害者、志賀治美のことで、新たに発見されたある側面について説明した。

「今までに分かった、村上和雄と志賀治美の表面的な履歴や、資産状況などについて考えていたのでは、この二人は、とても結びつきません。共通点が、全く見つからないのです。しかし、今回分かった、村上和雄の別の面、そして、志賀治美の別の顔を見てみますと、この二人が、今度の殺人事件によって、結びついていると考えても、別におかしくはなくなってくるのです」

「もう少し、具体的に、話してもらえないかね」

三上が、そういって、さらに詳しい説明を求めた。

「昨日までの時点でいいますと、村上和雄は、大変な金持ちで、志賀治美のほうは、それとは全く逆の貧乏人の娘です。これでは、二人が結びつくことは、まず難しいと考えました。ところが、今回更に詳しく調べたところ、村上和雄は、本当の金持ちではなくて、粉飾決算によって、資産家だと見られていたことがわかりました。逆に、志賀治美のほうは、ほとんど資産がなく、金欲しさに、クラブで働いている水商売の女だと思われていましたが、彼女の伯父は、宮城県の白石市でも、有数の資産家であるということが、分かってきました。もちろん、この莫大な遺産は、伯父のものであって、志賀治美のものではありません。しかし、第三者から見ると、志賀治美という娘も、ひょっとして、羨ましいほどの、資産の持主ではないか？　そんなふうに思われたのかも知れないと、私は考えるのです。この二人を殺した犯人から見たら、村上和雄も資産家であり、志賀治美のほうも、彼女の伯父に頼み込めば、かなりの金額を、手に入れられるのではないか？　そんなふうに、見えたのではないかと思うのです。このことが、犯人の動機だとすれば、この二人から、何とか金を巻き上げようと思って接触したが、不可能だった。そこで、犯人はカッとして、次々に二人を殺してしまったのではないか？　私は今、そんなふうに考えているのです」

十津川は、少しばかり自信を持って、三上に、いった。

三上本部長は、微笑して、

「何となく、君のいわんとしていることは、分かった。君が今、いったことをまとめてみると、犯人は、村上和雄も志賀治美も、ともに大金を持っている、そう思い込んで、その大金を手に入れようとして、二人に接触したが、実際には、二人とも、金を持っていなかった。犯人は騙されたと思いカッとして、二人を殺してしまった。君の話をきいていると、そんなふうに理解できるのだが、そういう解釈でいいのかね？」

「ええ、それで結構です」

「それで、肝心の容疑者は、浮かんできたのかね？」

「残念ながら、容疑者らしき人物は、今のところ、まだ一人も、浮かんできておりません」

十津川は、正直に、いった。

案の定、三上本部長は、また不満をむき出しにして、

「それでは、何のプラスにもならんじゃないか？　私は、少なくとも、二、三人の容疑者は浮かんでいるのじゃないかと、そう思って期待して、この席に臨んだんだがね。本当に、まだ一人も、容疑者は浮かんでいないのかね？」

「今も申し上げたように、一人も浮かんでおりません」

「それでは、捜査に、全く進展が見られないということじゃないか？」

三上が、眉をひそめて、十津川を見た。

「ただ、一つだけ、進展があります」

十津川がいった。

しかし、三上本部長のほうは、不満の表情を崩さずに、

「いってみたまえ」

「例の六文銭のことです。二人の被害者、村上和雄と志賀治美の死体の顔の上には、六枚のびた銭、つまり、江戸時代から明治維新の時まで通用していたという一文銭が六枚、のせてありました。私は、単純に自分の殺した二人の人間、村上和雄と志賀治美の二人に三途の川を渡らせて冥土に送る、そのための三途の川の渡し賃として、犯人が六枚の一文銭を、置いていったのではないか？　そういうふうに考えていたのですが、この六文銭について は、ほかの考え方もあるということに気がついたのです」

「どういうことかね？」

「問題の六文銭ですが、これは、真田《さなだ》家の旗印だと分かったのです。代々、真田家では、この六文銭を旗印にしています。よく知られているのは、大坂城で豊臣家と運命をともに

した真田幸村《ゆきむら》ですが、その父、真田昌幸《まさゆき》も、世にきこえた侍でありました。元々、六文銭の旗印というのは、武田家の家臣が、使っていたのですが、武田家が滅びた後、真田家が、この六文銭の旗印を使っていました。今も、信州上田に行きますと、観光地のところどころに、真田家の家紋である六文銭がデザインとして使われているようです」

十津川は、用意してきた真田家の旗印の写真を、机の上に置いた。

そこには、一文銭が六枚、上下に並べて描かれている。

「六文銭が、真田家の旗印であることは分かったし、話として、それはそれで面白いが、しかし、殺された二人、村上和雄も志賀治美も、確か、長野県の生まれでも、育ちでも、なかったんじゃないのかね？」

三上が、首をかしげた。

「そうです。本部長のいわれるように、この二人は、いずれも長野県の生まれでもありませんし、育ちでもありません。今のところ長野とは、何の関係もないのです。村上和雄は、大阪市天王寺区の出身ですし、志賀治美は、宮城県白石市の生まれです。育ったところも、長野県ではありません」

十津川が答える。

「どこかで、この二人が長野県か、真田家と結びついていることは、ないのかね？」

「調べてみましたが、全く見つかりませんでした」

「そうなると、君がいう新しい発見、死体の顔の上に置かれた、六枚の一文銭が、真田家の旗印だというのは、面白いことは面白いが、それが、被害者と結びつかないということだと、どうにもならんのじゃないのかね？」

三上本部長が、意地悪く、いった。

「そこで、折り入って、本部長にお願いがあります」

十津川が、真面目な口調で、いった。

三上は、皮肉な目つきになって、

「まさか、長野に行って、調べたいというんじゃないだろうね？」

「実は、その通りなんです。長野に、私と亀井刑事を、捜査に行かせていただきたいのです。長野県には、真田家の居城といわれた上田城址もありますし、そのほか、長野県全体に、真田家の歴史が残っている。そうしたものを、是非、見てきたいと思います」

「しかしだね、昨日まで、君は、死体に置かれていた、六枚の一文銭については、三途の川の渡し賃に違いないと、いっていたんじゃないのかね？　今日になって急に、これは、真田家の旗印だといっても、どちらが正しいのか、どちらも間違っているのか、それもまだ、判断はできていないんじゃないのかね？」

相変わらず、意地悪く、三上が、いう。

「確かに、どちらが正しいのか、今の時点では分かりません。しかし、六枚の一文銭を、三途の川の渡し賃と考えていたのでは、どうしても、捜査が先に進まないのです。それでこれは、真田家の旗印だと考えたのです。もちろん、これが、正しいかどうかは分かりませんが、この考えが、捜査を進展させるかどうかを調べに、どうしても、一度、長野に行ってみたいのですよ。今のままでは、捜査がにっちもさっちも行きません。それで、本部長に再度お願いするのですが、何とか、今回の事件の捜査のために、私と亀井刑事を、長野に、行かせていただけませんか？」

と、十津川は嘆願した。

三上本部長は、しばらく考えてから、

「分かった。長野行きを許可しよう」と、いった後で、

「私がダメだといったって、どうせ、君という人間は、行ってしまうんだろう？　だから、許可することにしたんだよ」

と、皮肉を利かせて、いった。

2

その日、東京発十一時十六分の、新幹線「あさま五一九号」で、十津川と亀井の二人は、長野に向かった。

正確にいえば、長野の一つ手前の、上田に向かったのである。その上田には、十二時四十二分に着いた。

東京駅から上田に着くまで、十津川は、車内で真田氏について書かれた本を読んでいた。真田氏についての、十津川の知識は、あまり豊かなものではなかった。真田幸村という名前は、もちろん知っていたが、その真田氏の旗印が六文銭であることは、今回の事件について、調べていて、初めて知ったくらいである。

真田幸村という名前は知っているが、幸村の父親とか、あるいは、兄弟の名前は知らなかった。

新幹線を上田駅で降り、駅構内のレストランで、二人は、昼食を、取ることにした。

その食事の途中で、亀井が、笑いながら、

「列車の中では、熱心に、本をお読みになっておられましたが、何か、得るところがありましたか？」

と、十津川に、きいた。

「久しぶりに、歴史物を読んだよ。真田幸村とか、その父親、真田昌幸に関して、書かれた本だ。正直にいうと、私は、真田家といっても、真田幸村しか知らなかった。だから、相当面白かったね」

「私も、正直にいうと、少年の頃、『真田十勇士』という小説を、読んだことぐらいしかありません。真田幸村の下に、例の猿飛佐助《さるとびさすけ》とか、霧隠才蔵《きりがくれさいぞう》、三好清海入道《みよしせいかいにゅうどう》といった十勇士が活躍する小説なんですが、あれは、本当にあった話なんですかね？」

「あれは、明治末になってから、講談調の読み物が出版された。例の立川文庫で、それがものすごく売れたらしい。その中に、真田幸村の話があって、その時に創作されたのが、真田十勇士だと、いわれている。真田幸村にはほかにも、いろいろと、伝説話があってね。真田幸村は、大坂夏の陣で戦死しているんだ。これは、歴史的事実なんだが、実は、この時、戦死していなくて、豊臣秀頼《ひでより》を助けて、密かに大坂城を脱出して、鹿児島に逃れたという話もあるんだ」

「なぜ、鹿児島なんですか？」

「鹿児島は、薩摩藩だからね。薩摩藩は、明治維新の時に、官軍の中心になって、徳川家を滅ぼしている。その志の中に、真田幸村の遺志が生きている。そんなふうに、思いたかったからじゃないのかね」

「真田幸村について、いろいろと、伝説が生まれているのは、庶民の英雄待望みたいなものですかね？」

「もちろん、それもあるだろうね。それにもう一つ、真田幸村と、父親の、真田昌幸だが、徹底して、徳川家と闘っている。しかし、幸村たちが加勢した豊臣家は、大坂城で滅亡しているんだ。徳川の時代になってからは、誰もが遠慮をして、真田幸村のことを、英雄視することはしなかった。そのために、かえって庶民の間で、真田幸村の英雄像が膨らんでいったんじゃないかと思うね。それが大坂城で討ち死にはせず、豊臣秀頼を奉じて、鹿児島まで逃げたという、とんでもない説になっているんだと思う」

「例のあの話と同じですね。源義経が、東北の平泉《ひらいずみ》で討ち死にしたのではなくて、海を渡って大陸まで逃げて、ジンギスカンになったという、到底、信じられないが、それだけに、面白い話があるじゃないですか？　それと同じでしょう？」

「確かに、真田幸村の話を読んでいくと、源義経に、よく似ているんだ。戦の名人だし、滅びる豊臣家のほうに味方をして、討ち死にしている。それが、悲劇の英雄の、源義経に似ているんだろうね」

「真田家というのは、この信州で、いったい、どんな地位を占めていたんでしょうかね？大名だったんですか？」

亀井が、きいた。

「これは、新幹線の中で読んだ本の、あくまでも、請け売りなんだが、真田家というのは、最初、武田信玄《しんげん》に仕えていた。武田信玄の下には、二十四人の有名な、武将がいた。二十四将と呼ばれているが、この中の一人が、幸村の父真田昌幸だった。武田家が滅びてしまって、真田家は、この上田で、孤立してしまったんだな。大名ほど大きくないから、周囲から圧力を受けた。この上田城の周囲には、徳川、北条、それに上杉という三大勢力があって、真田は、この三氏から包囲されている感じになった。当時は、戦国時代で、権謀術数が横行していた。ちょうど、徳川家康と豊臣秀吉の対立が激化した頃の、徳川家康は、北条氏と手を結ぼうとした。そこで、家康は、真田家が持っていた沼田の城を北条家に譲れと命令した。沼田の城というのは、武田勝頼《かつより》の時代に、その武将だった真田昌幸が、手に入れたものだったから、いくら、家康にいわれたからといって、簡単には手放せない。そこで、戦いになった。今日読んだ本によれば、これが、第一次上田城の戦いということになっている。上田城には、幸村と、その父、昌幸が籠城した。その時の兵力は、三千といわれている。それに対して、徳川家康は、七千の兵力で、上田城を攻めた。この戦いで、三千の真田勢が、七千の徳川勢を、敗北させる。この時から、真田家と徳川家との深い因縁が生まれたんじゃないか？　その一方で、真田昌幸は、徳川の大軍を撃破はしたが、このままでは、いつか、徳川かあるいは、北条に攻め滅ぼされてしまう。そこで、真田昌幸は、当時、天下を取ろうとしていた豊臣秀吉と手を結ぶんだ。そして、秀吉が天下を取った。そうなると、秀吉の下についた真田昌幸には、家康も、北条も手を出せない。それで、しばらくの間、安泰が続いた。その後、秀吉が亡くなって、徳川と豊臣の間で、関ヶ原の戦いになってしまう。真田には、徳川と豊臣というか、家康と石田三成《いしだみつなり》というか、その両方から、味方になってくれという説得があったらしい。その時、昌幸は、長男の信之《のぶゆき》を徳川側につかせ、そして、自分は、次男の幸村と二人で、反対側についたんだ。おそらく、これは、昌幸の計算で、どちらが、勝っても、真田家は、潰れない。そうした思惑があったんじゃないかな」

「そうした世知辛《せちがら》い選択というのは、戦国時代には、よくあったんでしょうかね？」

「おそらく、よくあったんだと思うね。この時、天下分け目の関ヶ原に、東軍は、東海道を進む軍勢と、北側、つまり現在の長野県を通る軍勢の二つに分かれて、関ヶ原に向かったんだ。この時、徳川家康の息子、秀忠《ひでただ》が、三万五千の軍勢を率いて、北のルートを通っていた。そこで、真田昌幸と幸村が、立て籠もっている上田城を通過しようとした。昌幸親子は、西軍の石田三成方についているから、当然ここで、戦いが起きた。この時の真田勢の兵力は、わずか三千といわれている。相手は、三万五千の、大軍だから、まともに戦ったら、たちまち蹴散らされてしまうだろう。それを真田親子は、上田城に立て籠もって、二日間、秀忠三万五千の軍勢を、釘付けにしてしまった。そのため、秀忠の三万五千の軍勢が関ヶ原に着いた時は、すでに、戦いは終わってしまっていた。だから、秀忠は、父の家康から叱責されたといわれている」

「それは、大変なものですね。三万五千もの大軍を、この上田に釘付けにして、天下分け目の戦いに、参加させなかったんですから、いってみれば、大変な功労者じゃありませんか？」

「関ヶ原の戦いで、石田三成側の西軍が、勝利していたら、真田親子は、第一番の功労者といえるだろうね。しかし、昌幸と幸村の親子が、三万五千もの大軍を足止めしていたのに、西軍は、敗れてしまった。その敗因は、西軍の一部の大名が、寝返ったためなんだが、とにかく、西軍が、敗れてしまったので、真田親子は、この上田を追われて、紀州の九度《くど》山《やま》に流されてしまった」

「つまり、真田昌幸、幸村親子にとって、不運な時代が、続くというわけですね？」

「十四年間だ。その間に、父の昌幸が死んでしまう。幸村一人が残されたわけだが、当時の武将にとって、監視されながら、何もできずにいることぐらい辛いことはなかったと思うね。もし、そのまま幸村が、死んでしまえば、後年の英雄伝説は、生まれてこなかったと思う。ところが、徳川家康が、大坂城にいる、豊臣秀頼を滅ぼそうと考えた。そして、徳川に味方する大軍が、大坂城を包囲する。大坂城のほうでも、徳川に反撥する武将とか、大名たちに手紙を送って、自分たちに味方をするように勧誘するんだ。もちろん、名将として、知られていた幸村のところにも勧誘の手紙が来た。この時、幸村が、どう考えていたかというと、おそらく、豊臣家が勝つ、秀頼側が勝つとは、考えていなかったんじゃないかと思うね。大名のほとんどが、徳川家についてしまっていたからだ。だが、幸村は、これを、自分にとって最後の戦争と考えて、大坂方に参加したんじゃないかと思う。九度山に流されて、監視されていたんだから、九度山から脱出して、大坂城に入るのは、なかなか難しかったと思うが、この脱出行もまた、一つの英雄伝説になっているんだ。こうして、真田幸村は、大坂城に入り、大坂冬の陣と、夏の陣で大活躍する」

「私が読んだ本でも、ここ、上田城を守っての徳川との戦いよりも、大坂城で戦った、幸村のことのほうに、多くのページが割《さ》かれていましたよ」

「それは当然だろう。何しろ、この上田で、徳川方と戦った時は、彼の父の昌幸が、戦いの采配をふるっていたようだからね。それに対して、大坂城での、冬と夏の戦いでは、真田幸村が大将となって戦っているからね」

「大坂城の戦いでの、真田幸村の活躍ですが、私が読んだ小説では、大変な英雄だったように書いてありましたが、実際には、どうだったんでしょうかね？」

亀井が、きいた。

「もちろん、今もいったように、真田十勇士のようなものは、なかったし、大坂城落城で死なないで、秀頼とともに、鹿児島に逃げたというのも、全くのウソだろうが、私がさっき、新幹線の車内で、読んでいた本の中には、当時の徳川方、敵方の人々が語った、真田幸村についての言葉が、紹介されていて、これは、正当な評価だと思うね。それが、なかなか面白いんだ」

十津川は、そういって、いくつかのエピソードをあげて見せた。

大坂夏の陣の最後に、幸村は、三千の部下を率いて、徳川家康の本陣に突入する。

その時、幸村自身も、戦死してしまうのだが、この時のことを書いた徳川方の重鎮、本多家の記録には、こう書かれている。

「幸村、十文字の槍を持って、大御所をめがけて戦わんと心掛けたり。大御所とてもかなわずと思し召して、植松の方へ引きたもう」

と、あり、また、ほかの書物では、家康の本陣が、総崩れとなって退却し、家康自身も何度か、死を考えたと、ある。

また、徳川方についていた大名の中には、

「真田、日本一の兵《つわ》もの」

と、書き残した者もいるし、細川忠興《ただおき》が残した細川家の書物にも、幸村について、

「古今、これなき大手柄」

と、畏敬の念をこめて記録された。

また、幸村が戦死したあと、その首実検として、運ばれてきた幸村の首のことだが、徳川に味方した武将たちも、勇敢な幸村にあやかろうと、その首についている毛髪を、一本一本持ち帰ったとも、伝えられている。

また、幸村は、自分の家臣たちに、真っ赤な鎧《よろい》を着せ、兜《かぶと》も赤く染めて行動したために、真田の赤備えとして、徳川方に恐れられた。ある戦場で、この真田勢が、退却する時に、徳川方は、真田勢の勇猛さを恐れて、全く手を出さず、追跡もしなかった。

それに対して、真田幸村は、笑って、

「関東勢百万も揃えども、男は、一人もなく候」

と、いったと、伝えられている。

「これほど、真田幸村が、英雄になってしまうと、時代の敗者ではありますが、この上田や、信州全体でも、いまだに人々は、真田家、真田幸村を英雄と考えているんでしょうね」

亀井が、箸を置いて、十津川に、いった。

「もちろん、そうだろう。だから、至るところに、六文銭の旗印が、デザインされて、残っているんじゃないか？　この上田の駅にだって、さっき、その六文銭を見たよ」

「その六文銭なんですが、どうして、真田家は、六文銭なんかを、自分たちの旗印にしたんでしょうか？」

「真田家というのは、さっきもいったように、武田信玄の武将だった。その時、六文銭というのは、武田が、使っていた旗印らしいんだよ。武田家が滅びてしまった後は、その六文銭を真田家が旗印にした。六文銭といったり、六連銭といったりするらしい。面白いのは、大坂夏の陣で、真田幸村は、戦死してしまうのだが、徳川方についていた、伊達政宗の家臣の中に、片倉《かたくら》小十郎《こじゅうろう》という勇敢な武将がいた。彼は、敵方だった、真田幸村の勇猛ぶりに感心して、幸村の娘を仙台まで連れていって、奥方にしている。また、その後、この片倉家では、真田家の六文銭を、自分のところの家紋にしてしまっているんだ。つまり、敵方にも、それだけ、真田幸村という武将は、慕われていたんじゃないか。そんな気がするね」

3

昼食を済ませると、二人は、駅の構内から外に出て、まず、上田城址を、見ることにした。

上田城址は、今は公園になっている。

そこに行く途中でも、時々、六文銭のデザインを見ることが、出来た。

上田城址に向かって歩きながら、亀井が、いう。

「最初に、ここに来ていたら、六文銭の犯人のメッセージですが、三途の川の渡し賃だとは、絶対に考えませんね。この町を見れば、否が応でも、真田家の、旗印だと考えてしまうでしょうね」

「確かにそうだが、まだ、どちらが正しいかは、分かっていないんだ」

十津川は、慎重に、いった。

堀に架かる橋を渡ると、そこが上田城址、上田城跡公園である。

地図を見ると、千曲川を前にした、丘陵の上に城が建てられていて、それだけでも、かなり攻略が難しい城だったことがわかる。

上田城址を見学した後、十津川たちは、タクシーを拾って、真田家の菩提寺という長谷寺《ちょうこくじ》に向かった。

ここで、二人の刑事の目を驚かせたのは、六文銭を刻んだ、珍しいアーチ形の、石の門だった。

この長谷寺に近い真田町は、真田家の発祥の地といわれている。やがて真田信之が松代《まつしろ》に移封になった際、松代に同じ読み方の長国寺《ちょうこくじ》を建て、以後長国寺も菩提寺になった。

真田家では、真田幸村が、いちばん有名だが、その父、昌幸も、名将として知られている。

しかし、真田町に行って分かったのは、真田家というのは、もっと古い、この土地の豪族であって、武力を持って少しずつ領地を広げていき、最初は武田家に仕え、その後、豊臣家の家臣になり、そして、戦国の世を生き抜くために、昌幸は、長男の信之を徳川方に仕えさせ、そして、次男の幸村を豊臣家に仕えさせた。

軍略だけではなく、政治的にも巧みな武将だったのではないか？　そんなことを思わせる真田町の景色だった。

その後、十津川は、上田署の署長に挨拶して、東京で起きた二つの殺人事件について、協力を求めた。

「東京で二つの殺人事件が、起きた時ですが、現場には、一文銭が六枚残されていました。それで最初、われわれは、これを、犯人のメッセージと考えました。思いついたのは、三途の川の渡し賃、それがちょうど六文だということで、その意味を込めて、つまり、犯人は、殺した相手に引導を渡すために、わざわざ一文銭を六枚、現場に残していったのではないか？　そう考えたわけです。しかし、その後、いくら考えても、六文銭のナゾが解けません。それで、これは、三途の川の渡し賃ではなくて、ひょっとすると、真田家の旗印である、六文銭ではないのか？　そう思って、まず、上田の町を訪れ、真田家のことを調べてから、ここにやって来たというわけです。

それで、教えていただきたいのですが、この長野では、死体に一文銭が六枚置かれていたら、それは、真田家の六文銭、旗印だと、すぐにお考えになるでしょうね？」

十津川がきくと、署長は、大きくうなずいて、

「もちろん、ここでは間違いなく、真田家の六文銭の旗印だと考えますよ」

「真田家の六文銭の旗印だとしてですが、犯人が、六枚の一文銭に託したメッセージとは、いったい、どんなものか？　どんなふうに考えられますか？」

と、十津川が、きいた。

署長は、ちょっと、困惑した表情で、

「いきなり、そんなことをいわれても、それが、犯人のメッセージかどうか、真田の六文銭に関係があるメッセージかどうかは、簡単には、判断しかねますね」

と、いってから、

「ウチの署に、真田家のことについて、詳しい刑事がおりますから、その刑事をご紹介しましょう。何でも、その刑事の祖先が、真田家とどこかで、繋がっているという、そんな刑事です」

署長は、そういって、一人の、若い警部を紹介してくれた。

名前は、杉本《すぎもと》。三十七歳の警部だった。上田市の生まれだという。

「これは、亡くなった、祖父にきいた話なんですが、何でも、うちの家系図を見ると、どこかで、真田氏に繋がっているそうです。そのことを誇りに思えと、祖父は、いつでもいっていましたね」

と、十津川に、いって、杉本警部は微笑した。

十津川は、この杉本警部にも、署長に話したのと同じ説明をして、同じ質問をした。

十津川は、東京で起きた二つの殺人事件の現場の写真を、杉本に見せた。死体の顔の上

に載せられている、六枚の一文銭、それが、はっきりと写っている写真である。杉本は、それを見ながら、

「確かに、この二枚の写真を見ますと、間違いなく、同一犯人の犯行で、死体の顔の上に置かれた六枚の一文銭は、十津川さんのいわれるように、犯人のメッセージのように見えますね」

「そのメッセージのナゾが解ければ、捜査が進展すると、思うのですがね。署長さんにも話したのですが、最初は、犯人が、殺した被害者に引導を渡すための、三途の川の渡し賃だと思っていたんですよ。ところがそれではナゾが解けなくて、今度は、こちらに来て、真田の旗印と考えたのですが、これも、果たして当たっているかどうか、分からずに困っているのです」

十津川が、くり返すと、杉本は、なおもじっと二枚の写真を見比べていたが、

「この二人の被害者ですが、真田家と関係のある人間なんですか？」

と、当然の質問をした。

「もちろん、その点も、徹底的に調べてみました。しかし、こちらの村上和雄を、いくら調べても真田家とは、関係のない人間だということが分かりました。第二の被害者、志賀治美のほうも、真田家とは関係が見つかりません」

「真田家と関係がないとすると、この信州、特に上田市とか、真田町と、関係のある人間ですか？」

「それも、考えてみましたが、二人とも、ここの生まれでも育ちでもないんです。村上和雄は、大阪の生まれですし、志賀治美は、宮城県の生まれです」

「しかし、この写真を見る限り、犯人は明らかに、六文銭を、メッセージとして使っていますね。真田家とは、何の関係もない男女二人を殺すのに、犯人は、どうして、一文銭を六枚、メッセージに使っているのでしょうか？」

杉本警部が、盛んに、首を傾げている。

「一つだけ、この二人の被害者について、問題があるんですよ」

十津川が、口を挟んで、村上和雄の会社が、妙な粉飾決算をしていたこと、それから、志賀治美の伯父が、資産家で、治美自身が、友達に向かって、理由は分からないが、まとまった金が手に入りそうな話をしていたことを、杉本警部に話した。

杉本は、笑って、

「それはつまり、二人は、何か、詐欺のようなことをしていたか、あるいは、しようとしていたということになるんですか？」

「それも、はっきりとはしません。しかし、志賀治美のほうは、売れないホステスですからね。それが、まとまった金が手に入るといえば、当然、詐欺のような話が想像できますし、第一の被害者、村上和雄も、殺される前に、妙な行動をしていますから、何か悪事を働こうとしていたのかも知れません」

と、十津川は、いった。

「その詐欺ですが、こんなことは、考えられませんかね」

杉本は、写真から顔を上げて、いった。

「今でも、真田幸村というのは、大変な人気のある英雄ですからね。この長野だけではなくて、全国的にも、人気があります」

「ええ、それはよくわかりました」

「それでつまり、真田幸村というか、真田一族の人気を、利用して、この被害者二人は、何か詐欺を、働こうとしていたんじゃないでしょうか?」

と、杉本が、いった。

「真田幸村とか、真田一族を利用して、詐欺を働こうとしていて、殺されたとなると、犯人は、その二人の行為を、憎んで殺したことになりますね? となると、犯人は、真田幸村に関係がある人間か、真田一族の信奉者ということになってきますが」

十津川は、半信半疑でつぶやいた。

「そう考えると、何か、まずいことがありますか？」

「いえ、まずくはありませんが、どう考えても、具体的に、犯人像が浮かんでこないのですよ。確かに、今、杉本さんがいわれたように、東京のわれわれでも、真田幸村のことは、よく知っているし、人気のある人物であることも、分かっています。ですから、真田幸村かあるいは、真田一族を、利用した詐欺の可能性も考えられますが、しかし、二人とも、今も申し上げたように、真田幸村とも、真田一族とも、何の関係もない人間でしてね。そんな人間が、真田幸村、あるいは真田一族を、利用して金儲けなど、できるものでしょうか？」

十津川が、きいた。

「なるほど、確かに、考えにくいですね」

「特に、志賀治美のほうは、売れないホステスですからね。伯父が、同郷の宮城県で、手広く建設業をやっていますが、その伯父が、志賀治美に大金を出すとは、とても思えないんですよ。ですから、村上和雄のほうは、真田幸村、真田一族を、利用して詐欺を働くことは、できるかも知れません。しかし、志賀治美にそんなことができるとは、私には、とても思えないんですよ」

と、十津川が、いった。

「じゃあ、可能性のある、村上和雄についてだけ、考えてみようじゃありませんか？」

杉本が、提案した。

「会社を経営していて、粉飾決算をしたということですが、一応、会社の社長では、あるわけでしょう？　それに、ある程度の財産もある」

「その通りです。ですから、村上和雄のほうは、相手を、信用させることができるかも知れません。その粉飾決算を、相手が信じればですが」

と、十津川が、いった。

「真田一族や、真田幸村を、利用するとすれば、いったい、どんな詐欺が、できるんだろうか？」

と、杉本は、独り言のようにいいながら、目を宙にやって、考え込んでいる。

「われわれも、まず、そのことを知りたいんです」

十津川も、肯いた。

4

しばらく考えていた杉本が、

「実は、これは、わが家にとって、不名誉なことで、あまり話したくないんですが、亡くなった私の祖父が、詐欺に引っ掛かったことがあるんですよ」

と、いった。

「その詐欺というのは、真田一族とか真田幸村に、関係のある詐欺ですか？」

「そうなんです。祖父という人は、真田幸村の、大変な信奉者でしてね。それに、ある程度の財産があったんです。その上、他人を疑うことを知らなかった。そこをつけ込まれて、大金を取られてしまったんです」

「どんな詐欺ですか？」

と、亀井が、きく。

「ある時、東京の出版社の社長だと名乗る人間がやって来て、自分は、真田幸村を大変尊敬している。ところが、今まで真田幸村に関する本は、何冊も出版されているが、かなりいい加減なものが多い。そこで、私の出版社としては、これぞ決定版といえるような幸村の本を、真田家、ちょっと高価にはなるが、写真入りで、上下二巻で出したいと思っている。すでに、真田家、あるいは、真田幸村の研究者を何人か選んで、執筆を依頼してある。ただ、ウチの出版社は、小さい出版社なので、豪華本を作るには、資金が足りない。あなたは、真田幸村を尊敬しているし、詳しくいろいろと知っていらっしゃる。資料もたくさん持っておいでだ。そこで、お願いなんですが、ウチと共同出資で、真田幸村の決定版、上下二巻を出しませんか？　定価は大体、上下で一万円を予定しています。

そんな話を持ち込んできたんですよ。今もいったように、祖父は、他人を疑うということを、全く知らない人でしたから、すぐに、その話に飛びついてしまったんですね。そうすると、その東京の出版社の社長だと名乗った人間は、祖父に対して、これこれを、調べなければならないので、金が要る。真田幸村の遺品というものがオークションに出ているので、是非それを買い取って、その写真を、今度出す本に載せたい。そんなことを、次から次にいってきましてね。百万だとか、二百万だとかいって、ついには全部で、一千万円近く出資させられてしまったんですよ。そこまで行っても、一向に、本が出来あがる気配がない。それで、やっと、祖父も、ちょっとおかしいなと思い始め、私の父に、相談したらしいんです。それで、これが完全な詐欺だと分かったんですが、その時にはもうすでに、東京の出版社の社長を自称していた男は、海外に逃げてしまっていました」

杉本警部は、たんたんと十津川に話した。

「つまり、それと同じような詐欺を、殺された村上和雄が考えていた。そういうことですか？」

十津川が、きいた。

「そうではないかと、推測するだけで、私にも自信はありません。しかし、現実に祖父が、真田幸村を利用した、詐欺に引っ掛かって、一千万円騙し取られていますからね。今もいったように、真田幸村とか、真田十勇士とかが、好きな日本人は、たくさんいますから、詐欺に使われる可能性も、大いにあると思うんですよ」

「村上和雄が、幸村を使った詐欺を働いて、犯人から、大金を巻き上げていた。そのことに気づいた犯人が、怒って村上和雄を殺し、よくも真田幸村、もしくは真田一族のことで、自分を騙したなという怒りから、死体の顔の上に、真田家の旗印である、六文銭を置いていった。つまり、そういうことになってきますかね？」

「今もいったように、断定はできませんが、そんなことも、考えられるということです」

杉本は、あくまで、慎重ないい方をした。

「確かに、そうしたケースは、考えられますが、もう一人の被害者である志賀治美のほうは、同じようには、考えにくいんですよ」

十津川は、いった。

「その志賀治美という被害者は、売れないホステスだといわれましたが、彼女は、どんな感じの女性だったんですか？」

杉本警部が、きいた。

亀井が、すかさず、志賀治美の写真を更に何枚か取り出して、杉本の前に置いた。ホステスとして働いている写真や、あるいは、友人がどこかの旅行先で撮ったらしい、プライベートのスナップなどである。

「志賀治美は、殺された時は二十八歳でした」

と、亀井が、説明した。

「確かに、これを見る限り、大人しそうな女性ですね」

杉本が、いった。

「そうなんですよ。働いていたクラブのママや、同僚のホステスの話でも、大人しくて、あまり目立たない娘《こ》だったといわれていたんです。ただ、負けん気だけは強かった。そういう話もあります。それに、伯父は金持ちですが、この志賀治美自身は、金持ちじゃありませんからね。金はないし、自分の家系の中に真田家が、関係しているわけでもない。詐欺を働くといっても、どうやって、真田幸村や真田一族を、利用できるのか、それが全く分からないんですよ」

と、十津川が、いった。

「しかし、この志賀治美と村上和雄は、同じ犯人に殺されたと、警視庁は見ているわけでしょう？」

「ええ、そうです。残された犯人のメッセージも同じだし、殺しの方法も、よく似ています。ですから、われわれは、この連続殺人が、同一人の犯行だという考えを、捨てられずに、今も持っています」

「しかし、今、十津川さんは、同一犯人だといわれたが、同時に、十津川さんは、第一の被害者には、殺される理由があるが、第二の被害者である志賀治美というホステスには、同じような動機は考えられない。そう思っていらっしゃるわけでしょう？」

「その通りです。それで、困っているんですよ。この志賀治美というホステスに、詐欺の前科でもあれば、話は、簡単なんですがね。前科もないし、金もないし、人を騙すような女性でもない。それで困っているんです」

「この女性ですが、殺される直前、金持ちの伯父さんから、大金の融資を受けたとか、金をもらっていたとかいうことは、ないんですか？」

「もちろん、その点も、調べてみましたが、そういう事実は、全くありませんでした。もし、それがあれば、その金を利用して、第一の被害者と同じような動機が考えられるのですが、そうした事実が、全くありませんからね。売れないというか、人気のないホステスで、金もないし、そんなホステスに騙されるような人間がいるとは、到底思えないんですよ。それに、彼女は、真田幸村とか、真田一族とかとは、何の関係も、ありませんからね」

「確認しますが、村上和雄のほうは、やろうと思えば、真田一族を利用して、犯人を騙すことが、できたわけですね？」

「ええ、それは、できたと思います。今、杉本さんのおじいさんが、騙された話をきいて、なおさら、私は、強く確信しました。この男は、粉飾決算をして、自分の会社が儲かっているということにしていますし、また、個人資産もインチキをして、大きな資産があるというように、繕《つくろ》っているんです。こうしておけば、騙される相手が、信用しますからね。ですから、村上和雄に関しては、今、杉本さんが話してくれた話が、そのまま当てはまると思っています」

「となると、問題は、やはり、第二の被害者である志賀治美のほうですね。この女性が、第一の被害者である村上和雄と何か関係があるということはないんですか？」

杉本が、きくと、十津川は、笑って、

「その点も、徹底的に調べました。これも、いくら調べても、二人の間に、何らかの接点があるという証拠が、何も出てこないんです」

「杉本警部に、一つだけ、おききしてもいいですか？」

と、亀井が、口を挟んだ。

「何でしょうか？」

と、杉本が、きく。

「このあたりでは、デザインされた、六文銭を時々目にしたのですが、この信州では、六文銭の威力というのは、どの程度のものなんですか？」

と、亀井が、きいた。

「この辺りでは、大人はもちろん、子供でも、六文銭が、何を意味するのかということを知っていますよ。それに、真田幸村を、好きだという人は、たくさんいるんじゃありませんかね。ひょっとすると、信州の人間は全員、好きなんじゃありませんか。特に、この上田周辺ではね。だからこそ、祖父が騙されたんです」

5

このあと、杉本は、真田幸村と、真田一族に関係する写真集を、十津川と亀井に見せてくれた。

そこには、真田家の遺品といわれている、六文銭の旗印とか、真田幸村が使ったという槍や、亡くなった時、真田幸村が身につけていたといわれる、鎧などの写真がのっていた。

六文銭の旗印というのは、さまざまな形があって、縦に一列、一文銭が並んでいる旗印もあれば、正四角形の旗印の中に、二段になって一文銭が、並んでいるものもある。

また、徳川方についた幸村の兄、真田信之が使っていたという軍扇もあった。その軍扇にも、六文銭の紋が、刻まれている。

「この他、家の蔵に、六文銭がついているのもありますし、真田家の菩提寺の長谷寺にも、面白い六文銭のマークがあるんですよ」

「その寺でしたら、ここに来る前に、行ってきましたよ。アーチ形の石門の上に、六文銭が刻んでありました」

「あれも見られたのですか？　そのほかにも、この信州、特に上田の町には、至るところに、六文銭がありますからね。だから、上田のことを、私なんかは、六文銭の町と呼んでいるくらいなんです」

杉本は、微笑した。

「私たちは、二人の被害者が、どこかで、真田家、あるいは六文銭に繋がっているんじゃないかと思って、いろいろと調べているのですが、こうなってくると、むしろ、犯人のほうが、この信州、あるいは上田と、関係があるのかも知れませんね。そうだとすると、犯人の頭の中では、六文銭というのは、上田の町のことだ。真田幸村のことだという固定観念が、あるのかも、知れません。もし、そうだとすれば、犯人が残していったメッセージは、三途の川の渡し賃ではなく、明らかに、真田の六文銭ですね」

と、十津川は、いった。

しかし、それが、どう、今回の連続殺人事件と、繋がっていくのか、まだ、十津川にはわからなかった。

第四章　名古屋から松代へ

1

十津川たちが、捜査に行き詰まりを感じている時、一つの事件が起きた。

それは、二十三歳の、若い男性の自殺という事件だった。

名前は、真田昭夫《あきお》。名古屋にあるN大学の法科の学生で、在学中に司法試験に合格し、週刊誌が取りあげた青年だった。

なぜ、彼が週刊誌に載ったかといえば、彼が、真田家十七代目の子孫ということからだった。

ところが、その記事が、週刊誌に載ってから半年後の今年の四月二十日に、真田昭夫は、自宅マンションで自殺してしまったのである。

その自宅があった場所は、名古屋市栄町のマンション、セントラル栄の六〇二号室だった。

十津川は、その新聞記事を見て、

「カメさん、この自殺した男について、調べてみようじゃないか？」

と、亀井刑事を、誘った。

「警部は、これが、われわれの捜査している連続殺人事件と、何か関係があると、思われるんですか？」

亀井が、十津川に、きいた。

「いや、今のところ、関係があるという確信は、何もないんだ。しかし、自殺した真田昭夫なんだがね。以前に週刊誌で、彼のことを読んだことがあるんだよ。名古屋のN大学の学生で、在学中に司法試験に合格した。その上、週刊誌が彼を取り上げた理由は、彼が、真田家十七代目の子孫だということだったんだ。その十七代目の子孫が、在学中に司法試験に合格していながら、なぜか、自殺してしまっている。私には、どうも、そのことが引っ掛かるのでね」

「しかし、こちらは自殺でしょう？　われわれが調べている事件は、二つとも、殺人ですよ」

亀井が、いった。

「それは、分かっている。しかし、今、こちらの事件は、壁にぶつかってしまっているからね。何とか、解決の糸口をつかみたいんだ。もし、名古屋の自殺事件が、解決の糸口になるのなら、ありがたいと思ってね」

と、十津川は、いった。

「それなら、行きましょう」

亀井が、応じた。

2

二人は、午前のうちに、新幹線で名古屋に向かった。

名古屋に着いたのは、昼少し過ぎである。

駅の構内にある食堂で昼食を済ませてから、二人は、名古屋の中《なか》警察署に向かった。

もちろん、自殺なので、捜査本部は置かれていない。だが、この自殺事件を一応調べたという、木下《きのした》という若い警部に会った。

木下は、皮肉な目つきをして、

「これは、間違いなく、自殺なんですよ。その自殺に、どうして警視庁の捜査一課が、わざわざ、こちらまでやって来たんですか？　警視庁がいくら調べたって、自殺は殺人には変わりませんよ」

と、いった。

十津川は、苦笑して、

「それは、よく分かっております。ただ、この自殺をした、真田昭夫という人物について、いろいろと知りたいんですよ。それから、自殺の原因もです。もし、ご存じでしたら、話していただきたい」

十津川は、木下に、いった。

「いったい、どんなことをお知りになりたいんですか？」

「今いった、真田昭夫という男の経歴と、自殺した理由です」

「実は、遺書がなかったので、自殺の原因は、はっきりとは、分からないのですが、大体の調べは、ついています」

「では、それを話していただきたい」

「自殺した真田昭夫ですが、現在、名古屋のN大の法科の学生で、六ヵ月前に、司法試験に合格しています。それから、週刊誌にも載ったことですが、真田家十七代目の子孫です」

「ええ、それは、週刊誌で読んだことがあります」

「実は、この真田昭夫の実家ですが、こちらでは、大変な資産家なんですよ。父親のほうは、人望もあり、資産もあるというので、県議会の議長を務めたこともあります。実家は大変な資産家だし、当人は、二十三歳で司法試験に合格、その上、なかなかハンサムですから、女性にもかなりモテました。こんな生まれもいい、頭もいい、ルックスもいい若い男性が、なぜ、突然、自殺などしてしまったのか？」

「しかし、一応は自殺の理由について、調べられたんじゃありませんか？」

十津川が、きくと、木下は、うなずいて、

「ええ、一応は調べました。しかし、それが、よく分からないんですよ。彼の両親も思い当たるフシはないというし、高校三年生の妹がいるんですが、彼女も同じく、分からないといっています」

「真田昭夫の友人たちは、どういっているんですか？」

「同じ大学にいる、何人かに会って、話をきいてみました。いずれも、自殺するような原因は、全く考えられない。そういうんですよ。アイツは、羨ましいほど、何もかも恵まれている。資産家の御曹司だし、ハンサムで女にもモテる。そんなヤツが、どうして、自殺なんてしなければならないのか、どうしても理解できない。仲間たちは、みなそういっているんです」

「女性関係で、悩んでいたということは、ないんですか？」

亀井が、きいた。

木下は、小さく笑って、

「それも、全くありませんね。同じ大学の女子学生で、彼とつき合っていたガールフレンドがいたことが、分かったのですが、彼女との仲が、別に冷たくなっているわけでもなくて、ケンカもしたことはない。これは、彼女の証言です。また、二人のことを知っている友人たちも、二人が、ケンカをしていたようなことはないと、そういっているんです」

「しかし、自殺をしてしまった」

十津川は、独り言のように、いってから、

「真田昭夫という青年ですが、性格的に、弱いところがあったんじゃないですか？」

と、きいた。

「私の調べたところでは、鉄の心臓の持ち主というようなことは、なかったみたいですが、だからといって、精神的に弱いということもなかったようで、それだからこそ、在学中に司法試験に受かったんじゃないかと、私は、思いますね。ですから、あの自殺が、個人的な理由か、あるいは個人的な意志の弱さ、そういうことではないと、確信していますよ」

と、木下は、いった。

「真田昭夫の家は、大変な資産家といわれましたが、どのくらいの資産が、あるんですか？」

亀井が、きいた。

「正確なことは分かりませんがね。しかし、父親は、医療器機の製作をやって成功していますし、名古屋市内に、かなりの土地も所有していますから、おそらく、百億近い個人資産はあると見られています」

「それから、もう一つ伺いたいのですが、両親も、真田昭夫自身も、自分たちが、真田家の子孫だということを、誇りに思っていたんでしょうか？」

「それは、もちろん、誇りに思っていたはずですよ。最近は、真田家の子孫ということで、テレビで、紹介されたこともありますし、今度の事件があってから、私は、自殺した真田昭夫の両親にも、会いました。その時に感じたのは、この人たちは、真田家の子孫ということを、誇りに思っている。それを、強く感じましたね。それが、いい方向に働いていると感心したんです」

と、木下は、いった。

「真田家といえば、まず、信州上田が浮かぶのですが、こちら名古屋で会社をやっているという十六代目の当主は、いつから、こちらに越してきたのですか？」

十津川は、きいてみた。

「確か、四代前の当主が、和歌山からこちらに、引っ越してきたときいたことがありますよ。その時に、自ら会社を創設したのですが、例の六文銭を、会社のマークとして、使っていたとききました。そのことを見ても、真田家の子孫ということを、誇りに思っていることが窺《うかが》えるんじゃありませんかね？」

「何かで、こちらの真田家は、真田一族の子孫ではないというような話を、耳にしたことがあるんですが、そういう話を聞いたことはありませんか？」

十津川が、きくと、木下は、眉をひそめて、

「私も、そんな噂をちらっと聞いたことがありますが、当人が、真田一族の子孫だと、いっていますし、自殺した人間について、あれこれ、あら探しみたいなことは、出来ませんしね」

「実は、現在、真田家十六代目の子孫の方が、東京で生きていることがわかったという話を聞いたことがありましてね。そうなると、こちらの真田昭夫さんは、ひょっとすると間違いじゃないか。間違いだということが、自殺の原因なのではないか。そんなことを考え

たんですがね」

「しかし、十津川さん。自殺した真田昭夫さんも、ご両親も、立派な方たちですよ。これは、ご両親にお会いになれば、よくわかります。こんな人たちが、ウソをつくとは、とても考えられませんがねえ」

「しかし、この一家のことを、詳しく調べたわけじゃないんでしょう？」

十津川が、食い下った。

「それだけ、疑うのなら、十津川さん自身、このご両親にお会いになったら、いかがですか」

木下は、面倒くさそうにいった。

3

十津川と亀井は、自殺した真田昭夫の両親に、会ってみることにした。

十津川は、時間から見て、父親のほうは、会社にいるだろうと考え、名古屋駅近くのビルにある本社に、行ってみることにした。

十二階建てのビルの、一階から三階までを、その会社は、使っていた。

入口のところに、なるほど、大きな六文銭のマークが描かれている。

十津川は、受付で、警察手帳を見せた。

ひょっとすると、長男の自殺があったばかりだから、父親は、面会を、拒否するのではないかとも思ったが、意外にもあっさりと、三階の社長室に通された。

父親の名前は、真田雄一郎《ゆういちろう》。現在、五十五歳のはずだった。

彼は、穏やかな口調で、

「わざわざ東京からお出でになったのだから、お話だけはしようと思いましてね」

と、いった。

社長室の壁にも、例の六文銭のマークが飾ってある。

「最初に、ご子息が、亡くなられたことに、お悔やみを申し上げます」

十津川が、いうと、真田雄一郎は、小さくうなずいて、

「その件は、もう済んだことですから」

と、いった。

十津川は、雰囲気を変えようと、

「この会社の入口にも、この社長室にも、やはり、例の六文銭がありますね。真田家の旗印が、ご自慢ですか？」

十津川としては、話題を、そちらに持っていけば、話がスムーズに行くだろう。そう思っていたのだが、十津川が、六文銭の話をした途端に、真田雄一郎の顔が、急にはっきりと、歪むのが見えた。

相手が黙ってしまったので、十津川が、

「何か、お気に障るようなことを、いってしまいましたか？」

と、きくと、

「いいえ、そんなことはありませんが、しかし、今は、真田家の子孫ということは、あまり考えたくはないんですよ」

と、答えた。

「どうしてでしょうか？　私なんかは、先祖が大名でも、侍でもなくて、ただの百姓でしたからね。真田家の子孫などと、きくと、羨ましくて仕方がないんですよ」

「いや、ただの、百姓の子孫のほうが、いいかも知れませんよ」

と、相手が、いった。

「どうしてですか？」

もう一度、十津川が、きいた。

真田雄一郎は、また、困惑の表情になって、

「どうしてですかと、きかれても、お答えに困りますが、先祖の重みのようなものもありますからね」

とだけ、いった。

真田雄一郎の返事が、どうも奥歯に物が挟まったような感じで、やはり、長男、真田昭夫の自殺が応《こた》えているのだろうと、十津川は、勝手に解釈し、今度は、真田昭夫の母親に会ってみることにした。

4

真田雄一郎の自宅は、名古屋市の北の外れにあって、和風の豪邸である。

こちらでも、真田昭夫の母親、真田慶子《けいこ》は、簡単に二人の刑事を、部屋に招じ入れてくれた。

お手伝いが、お茶とお菓子を持ってくる。

「先ほど、会社のほうで、ご主人に会ってきました」

と、十津川が、いった。

「さようでございますか」

慶子が、丁寧に応じる。

「ご主人は、真田十六代目の当主だと、おききしたのですが、失礼ですが、奥様も、やはり真田家に、ゆかりの方ですか？」

亀井が、きいた。

「いいえ、私の家はただの商人です。真田家のような、大名の子孫ではありませんわ」

と、慶子が、いった。

「そうですか。実は、私の先祖も百姓だったようで」

十津川が、いった。

とたんに、なぜか、慶子は、浮かない顔になったように思えた。

十津川には、目の前の慶子が、急に暗い表情になった、その理由が分からなかった。

ひょっとすると、夫が真田家の子孫なのに比べて、自分のほうが商人の出身なので、それで気を悪くしたのだろうか？

しかし、そんなことで気分を悪くするとは、思えない。とすると、真田一族の子孫というのは、ウソなのか。

十津川は、真田家のことや、自殺した真田昭夫のことを、きこうと考えていたのだが、この調子では、何をきいても、はっきりとした返事は、返ってこないだろうと、思った。

そんな気がしたので、十津川は、早々に失礼することにした。

玄関まで送ってくれたお手伝いに向かって、十津川は、

「ここの奥さんは、ご自分の先祖が、商人だったということで、ご主人に対して、引け目を感じていらっしゃるんでしょうかね？」

と、何気ない調子で、きいてみた。

すると、六十代と思えるお手伝いは、変な顔をして、

「ここの奥さまは、ご主人に、負けず劣らず、由緒ある家のご出身ですよ。何しろ、東北のある大名の子孫ですから」

と、いった。

「それ、間違いないんですか？　奥さんは、ご自分で、先祖は、ただの商人ですからと、そういわれたんですがね」

「いいえ、そんなことは、ありませんよ。奥さまのご先祖が、東北地方の、ある大名だということは、この辺の人は、皆さんよく知っていらっしゃることです。ですから、旦那さまと結婚なさった時、仲人さんが、お二人のことを、今どき珍しい、由緒あるカップルだといったそうですよ。何しろ、旦那さまは真田家の子孫で、奥さまも、東北のある大名の、子孫なんですからね。珍しいご夫妻だといわれるのももっともだと、私なんかは、羨まし

く思っていますけどね」

お手伝いは、本当に、羨ましそうにいった。

しかし、それならそれで、なぜ、真田慶子は、自分の先祖が、ただの商人だなどと、ウソをいったのだろうか？

十津川には、そこが分からなかった。

二人が外に出ると、その疑問を、亀井も持ったらしく、

「どうも変ですね」

と、口に出して、いった。

二人は、真田邸の、すぐ近くにあったレインボーという名前の、喫茶店に入った。窓際に腰を下ろすと、真田邸の白い塀を、間近に見ることができた。

コーヒーを注文し、それを飲みながら、十津川は、長く続く塀に目をやっていた。

「名家で資産家か」

と、小さくつぶやく。

そのことと、長男の真田昭夫の自殺とが、どう繋がるのか？

さらにいえば、そのことと、東京で起きた殺人事件とが、果たして、関係があるのかどうか？

関係がなければ、いかにナゾめいた自殺であっても、十津川たちが、調べる必要はなくなってくる。

十津川は、コーヒーを途中まで飲むと、それを持って、カウンターに移動した。カウンターの中には、五十代と思える、この店の店主がいた。

十津川は、その店主に、話しかけた。

「向こうに、長い塀が見えるでしょう？　あの家に住んでいるのは、確か真田家十六代目の子孫と、きいたのですが？」

「ええ、そうですよ」

と、店の主人が、応ずる。

「真田家というと、上田では、大変な人気ですが、こちらの名古屋では、どうなんですか？」

と、きいてみた。

「もちろん、ここでも、人気がありますよ」

「あの家は、ここでも名家ですか？」

「もちろんですよ」

「その上、資産家だときいたのですが？」

「ええ、大変なお金持ちですよ。毎年、高額所得者として、名前が挙がっていますから」

「最近、長男の方が、自殺されたときいたのですが？」

「ええ、そうなんですよ。それをきいて、私もビックリしましたよ」

と、店の主人が、いう。

「しかし、名家の上に、資産家でしょう？　それに、自殺したご長男というのは、法科の学生で、司法試験に合格したという、それほど、頭のいい人だったらしいじゃないですか？　それなのに、どうして、突然、自殺なんかしたんでしょうね。ご主人は、そのことについて、何かご存じではありませんか？」

十津川がきいた。

「お客さん、ひょっとして、マスコミ関係の方？」

店の主人が、きいた。

しかし、警戒しているというような感じではなくて、むしろ、自分のほうからいろいろと、話したがっているように、十津川には、見えた。

「いや、マスコミの人間じゃありません。少しばかり、真田家のことを調べている警察関係のものでしてね。真田幸村や、真田昌幸を尊敬しているんですよ。ですから、なおさら、あの家のご長男の自殺のことが、気になっていましてね。まだ、お若いのに、どうして、自殺なんかしたんだろうかと、つい考えてしまうんですよ。もし何かご存じなら、是非教えていただけませんか？」

と、十津川が、いった。

「これは、あくまでも、単なる噂なので、よそへ行って、しゃべってもらっては困るんですけどね」

と、店の主人が、いう。

やはり、しゃべりたいのだ。

「いや、絶対にしゃべりません。お約束しますよ」

十津川が、わざと力をこめて、いった。

店の主人は、急に、声を潜めるようにして、

「実は、大金を騙し取られたという噂が、あるんですよ」

「誰が、騙し取られたんですか？」

「自殺した、ご長男の真田昭夫さんですよ」

「もう少し、詳しく、話していただけませんか？」

と、亀井が、いった。

「これは、あくまでも、噂ですよ」

店の主人は、まだ同じことを繰り返している。

「今から半年ぐらい前ですけどね。自殺した真田昭夫さんが、司法試験に合格した時、真田家の子孫だということで、そのことが、こちらの新聞に、大きく掲載されたんですよ」

「ええ、そのことなら、週刊誌でも読みましたよ、東京で」

と、十津川が、応じた。

「その後、突然、ある大きな団体が、真田昭夫さんに、接触してきたというんです。これは、あくまでも噂ですけどね」

と、また、店主は、断った後、

「その大きな団体というのは、東京に本部のある、えーと、何といったかな。ああ、そうです。社団法人六文銭の会、そういう団体らしいんですよ。何でも、真田家に関する資料を、集めたり、真田家に関する研究や、名誉に貢献した人々を、顕彰することを目的にした団体なんだそうです。その会は、何かひどく大きな団体で、その団体の資産は、五十億とも百億ともいわれていて、今いった真田家に関して、その名誉を大きく高めた人間や、あるいは、真田家の代々の真田幸村や昌幸について、研究をしたり、あるいは、小説に書いたりした人間を、顕彰するという、そういう団体なんだそうです。それで、その役員の一人が、司法試験に合格した、真田昭夫さんに接触してきたんだそうですよ。真田昭夫さんが、真田家の子孫の上に、在学中に司法試験に合格した。それは素晴らしいことだ。だから、私どもの団体で、顕彰したい。それを受けてもらえませんか？　そういってきたというんですよ。真田昭夫さんも、自分が、真田家の子孫だということを、前々から、誇りに思っていたようですからね。その役員というのは、昭夫さんの、母親にも、同じように接触してきたらしいんですよ。慶子さんも、真田家の名前が、広まるならば、こんなに嬉しいことはないといって、その男の申し出を受けた。そうすると、今度は、本部から、その社団法人の、理事長だという男が、やって来たらしいんです。その男は、何でも、以前、国務大臣まで務めた、政治家だったという触れ込みでしてね。そして、盛大に、真田昭夫さん、それから、ご両親を、顕彰することになったんです。

と、まあ、そこまでは、よかったんですけどね。そのうちに、自分たちの、社団法人に、名誉会員として、真田昭夫さん、そして、ご両親の真田雄一郎さん、慶子さんを、お迎えしたい。そんなことをいって、どんどんと、あの家に食い込んできたらしいんですよ。その挙げ句、全国に散らばっている、真田家の子孫を残らずに顕彰したい。そのために、現在、どこに、子孫のどういう人が、住んでいるのかを調べ、中には海外に住んでいる人もいるでしょうから、それも調べて、同じように顕彰したい。そのためには費用が必要になる。社団法人六文銭の会からも、もちろん資金を出すが、真田雄一郎さんからも、応分の寄付を、いただけないだろうかと、そう持ちかけてきたらしいんですよ。それで、真田昭夫さんが、司法試験に合格した時でもあり、とにかく、おめでたい話だということで、いわれるままに、大金をその社団法人に、渡してしまったというんですよ。ところが、この話は、すべてデタラメでしてね。真田昭夫さんは、すべて自分の責任だと思ったのか、突然、自殺をしてしまったんです。何回もいいますが、これは、あくまでも噂話ですからね。あの真田家のご主人や、奥さんが、話したわけじゃないんですよ」

店の主人は、あくまでも慎重ないい方をした。

5

「社団法人六文銭の会ですか。そんなもっともらしい団体なんて、本当にあるんですかね？」

十津川が、いうと、店の主人は、

「私には、あの真田家の人が、騙されてしまったのも、無理もないような、そんな気がするんですよ」

「どうしてですか？」

「その団体ですがね。こんなパンフレットまで作っているんですよ」

そういうと、店の主人は、奥から一枚のパンフレットを、持ち出してきて、十津川たちに見せた。

なるほど、カラー印刷された、豪華なパンフレットである。

表紙には、甲冑《かっちゅう》姿の真田幸村の絵が描かれ、そこに、社団法人六文銭の会と、大きく印刷され、ページを開いていくと、まず、会の目的が書かれてあった。

〈真田一族、特に真田幸村は、ただ単に、信州上田の誇りではなく、わが日本の誇りである。現今の日本人を見ていると、政、官、財のリーダーたちからして、志が低く、利ばかり追って、憂慮に堪えない。こうした時代に、もっとも必要な心は、義のために死ねる武士道である。幸村は、義のために、負けるとわかっている戦いに加わり、壮烈な死をとげている。

わが会は、真田一族、特に幸村の名前を世に広め、真田一族について研究し、文書にとどめ、あるいは、歌に残した人々を、顕彰し、また、何らかの意味で、真田家に関係のある人たちを、探し出して、賞《ほ》めたたえることを目的としている〉

これが、会の目的になっている。

「この会に、真田昭夫さんや、ご両親が騙されたわけですか？」

「そうですよ」

「しかし、なぜ、この会を訴えなかったんですか？　明らかに、詐欺でしょう？」

と、十津川は、いった。

「その辺のことは、私にもわかりませんがね」

「ひょっとして、訴えられない弱味があったということはないんですか？」

「何のことですか？」

「真田一族の子孫というのが、ウソだということですよ」

「そんなバカな！」

「しかし、名家の子孫には、ありがちなことでしょう」

「そんなこと、考えられませんよ」

「だが、今もいったように、ありがちなことなんですよ」

十津川は、冷静な口調で、いった。

十津川と亀井は、もう一度、名古屋中警察署に行き、木下警部に会った。

十津川が、喫茶店レインボーの主人にきいた話を、そのまま伝えると、木下は、急に笑い出した。

十津川が、顔をしかめて、

「何か、おかしいことを、いいましたかね？」

と、いうと、木下は、手を小さく振って、

「つい、笑ってしまいました。申し訳ありません。別に、十津川さんが、おかしなことをおっしゃったわけでは、ありませんが、また、あの話かと思いましてね。あの喫茶店の店主は、金子《かねこ》という名前なんですが、昔から、噂話が好きな男なんです。その上、ホラ吹きだから、何をいうか分からんのですよ」

「しかし、社団法人六文銭の会というグループに騙されて、あの真田家が、大金を取られた。それを苦にして、長男の真田昭夫さんが、自殺をしてしまったという。この話は、全くのデタラメだとは、思えないんですがね」

「真田昭夫さんのご両親には、会われたんでしょう？」

「ええ、会いましたよ。雄一郎さんにも会ったし、母親の慶子さんにも、お会いしました」

「それで、ご両親も、今の話を、しましたか？」

「いや、父親も母親も、そんな話は、全くしませんでしたね。ただ、母親が、少しばかりウソをついていた。そのことが、ちょっと、気になりましたが」

「そうでしょうね。今もいったように、あの金子という、喫茶店のマスターは、見てきたようなウソをいって、人を驚かせては、喜んでいるんですよ」

「その話が、ウソだという証拠は、あるんですか？」

亀井が、少しばかり腹が立ったらしく、木下警部を、睨《にら》むように見ながら、いった。

「実は、あの事件の直後に、真田家の周辺で、私もいろいろと、きき込みをやったんですよ。ほとんどの人が、何も、分からないという中で、あの金子という喫茶店のマスターだけが、今、十津川さんが、いわれたようなことをベラベラとしゃべりましてね。ああ、そのパンフレットも、見せられましたよ。一時、私も彼の話を信じる気になりましてね。それで、署に帰ってから、パソコンで、検索をしてみたんですよ。真田一族に関する団体とか、クラブとか、愛好会とかをですけどね。ちょっと、これを見てください」

木下は、パソコンを持ち出すと、それに、真田一族という文字を入れて、検索のボタンを押した。

すると、ズラリと、それらしい名前が並んで出てきた。

「これを見てください。六文銭の会だけでも、四つもあるんですよ。それから、いちばん多いのは、真田幸村の愛好会、あるいは、真田幸村顕彰会、そういうグループですけどね。こちらのほうは、十八もあるんです。その立派なパンフレットの、社団法人六文銭の会ですけどね。調べたところ、立派な会なんですよ。国会議員をはじめ、有識者が、ズラリと、理事に名を連ねていましてね。こちらが問い合わせたところ、こういう返事がありました。私どもの六文銭の会の名前を騙《かた》って、詐欺を働いている人間や、あるいは、グループがいて、困っています。そのたびに、警察に訴えているのですが、その数が多くてキリがないので、最近は、訴えることを、止めてしまいました。名古屋で詐欺を働いたのも、おそらく、ウチの名前を使って騙した人間ではないかと思っています。そういう返事でしたよ」

木下が、頭から否定するので、十津川も、だんだん自信がなくなって、

「あの喫茶店の店主の金子という人は、いったい、どんな人なんですか？」

木下は、ニヤニヤ笑いながら、

「今もいったように、人はいいんですけどね。やたらに、ホラを吹くんですよ。彼から、名刺をもらいましたか？」

「いや、もらいませんでしたが」

「それを、お見せしましょう」

木下は、そういうと、一枚の名刺を取り出して、十津川の前に置いた。

手に取ってみると、

「喫茶店レインボー　金子　稔」

と、書かれている。

「何でもない名刺じゃありませんか？」

十津川が、いうと、

「裏をご覧になってください」

十津川が、名刺を裏に返すと、そこには、

「真田幸村愛好会会長　金子左衛門佐」

と、印刷されている。

十津川も、思わず苦笑した。

「ご覧のように、彼は一人で、会長を名乗っているんですよ。その上、あの真田さんの屋敷のそばに、店があるものだから、客に対しても、やたらとホラを吹きましてね。自分は、あの屋敷の当主である、真田雄一郎さんや、亡くなった長男の昭夫さんとは、親しくて、自分のいうことなら、何でもきいてくれる。そんなことをいいましてね。私なんかは、真田幸村が、使っていたという刀を、見せられましたが、あれは完全に模造刀ですね。そんな具合に、やたらにデタラメをいうんですが、悪気はないので、叱るに叱れないんですよ」

と、木下は、いった。

「しかし、真田昭夫という二十三歳の学生が自殺をしたことは、紛れもない事実でしょう？」

と、十津川が、いった。

木下も、笑いを消して、

「確かに、十津川さんがいうように、それは厳然たる事実です。しかし、いくら調べても、自殺の原因が、分からんのですよ。ご両親も何もいわないし、高校生の妹さんも何もいわない。まあ、自殺の原因というのは、たいていはっきりしていない。漠然とした不安から自殺する人だって、少なくありませんからね」

「木下さんは、結論として、自殺の原因は、いったい何だと、お考えになっていらっしゃるのですか？」

「そうですね。二十三歳の若さで、在学中に司法試験に受かった。それを書き立てられ、その上、真田の子孫だということも、週刊誌に書かれましたからね。責任が急に重くなって、それに耐えきれずに、自殺してしまったのではないか？　むしろ、司法試験など受けずに、大学の生活を楽しんでいれば、自殺することもなかったのではないかと、私は、そんなふうに、考えているんですけどね」

十津川は、木下がパソコンを使って検索してくれた、真田関係の団体やグループをプリントしてもらった。

「このほかにも、上田城とか、大坂夏の陣、冬の陣、それに、幸村親子が、一時幽閉された九度山なんかで検索すると、これもまた、たくさん出てくるんですよ。それだけ、真田という名前、特に、真田幸村という名前が、有名だということでしょうね」

と、木下が、いった。

名古屋市の中警察署を出ると、十津川は、急に、

「東京にまっすぐ帰らず、もう一度、長野に行ってみたいね」

と、亀井に、いった。

「長野のどこですか？」

「例の社団法人六文銭の会だが、本部は、東京の平河町《ひらかわちょう》にある。だが、支部は、上田にあると、そう出ていたから、上田に行ってみたくなったんだよ」

と、十津川は、いった。

6

二人は、まず長野に出て、長野からは車で、上田に向かった。

上田の町は、相変わらず、六文銭のマークで、溢れていた。

問題の社団法人六文銭の会の、上田支部は、上田城址の近くの、小さなビルの中にあった。

五十年配の支部長のほかに、男二人、女二人の四人の職員がいた。事務所の中には、真田関係の本や資料、それに、十津川たちが、名古屋の例の喫茶店で、マスターから見せられたパンフレットも、置かれてあった。

支部長の名前は、田中である。

「このパンフレットですが、誰が持っていっても、構わないみたいですね？」

十津川が、きくと、田中支部長は、笑って、

「そうなんですよ。とにかく、ウチとしては、一人でも多くの人に、真田幸村をはじめとする真田一族のことを、知っていただきたいですからね。ここにあるパンフレット類は、すべて無料です」

「とすると、このパンフレットを、誰が持っていったのかは、分かりませんね？」

十津川が、いうと、田中は、また笑って、

「そんなこと、全く分かりません。一日で、多い時は全部で百部ほど、持っていかれることもありますからね」

「このパンフレットが、悪用されることは、ありませんか？　つまり、社団法人六文銭の会の名前を、利用されることですが」

「それは、よくありますよ。また、六文銭の会というのは、ウチだけではなくて、日本中に確か、四つか、五つはあるんじゃないですかね？　中には、相当いかがわしいものもありますから」

田中は、小さく、肩をすくめた。

「確か、お宅の本部は、東京の平河町にありますね。どうして、真田家ゆかりの、この上田に、本部を置かないのですか？」

亀井が、きくと、田中は、

「私も、本来、この上田に、会の本部を置くべきだと思っていますが、何しろ今の理事長は、元国会議員の有名な先生ですからね。東京に、本部を置いたほうが、宣伝効果があるし、それに、出資者も集めやすいと、理事長がおっしゃるものですから、今のような状況になっています」

「この社団法人ですが、職員は、全部で、何人いるんですか？」

「そうですね。正式の職員は、六十人ですが、常時ボランティアで、手伝ってくださっている方が、百人から二百人はいます」

田中は、誇らしげに、いった。

それに続けて、田中は、

「今回、長野県下に、この上田支部のほかに松代、それと群馬県の沼田に、支部ができましてね」

と、いった。

「松代と沼田というと、確か、真田一族が、城を持っていたところじゃありませんか？」

「そうなんですよ。真田一族は、この上田城のほかにも、松代と沼田の二つの城も、居城としていたことがあるんです。どちらも、真田家ゆかりの土地ですからね。私は、東京の本部に進言して、そこに、支部を作ったんです。三ヵ所に支部があれば、会員も集めやすくなりますからね」

「社団法人六文銭の会は、現在も会員を募集しているんですか？」

「当然でしょう。たくさんの会員を集めて、真田一族、特に真田幸村について、その功績などを日本中の人たちに広めたいと思っていますからね。会員も、おかげさまで、すでに一万人近くになっています」

田中は、嬉しそうに、いった。

その日、ＪＲ上田駅近くのホテルに、十津川と亀井は、一泊した。

翌朝、バイキング料理の朝食を食べていると、十津川の携帯が、鳴った。相手は、東京にいる西本刑事だった。

「警部は、今、どこにおられるのですか？」

西本が、きく。

「JR上田駅前のホテルで、朝食を取っている。これから、東京に帰ろうと思っているが、何か事件か？」

十津川が、きくと、

「松代は、そこから、近いですか？」

「ああ、近いよ。松代が、どうしたんだ？」

「今、その松代で、殺人事件が、発生したというニュースが入ってきています。松代といえば、確か、真田一族が、城を持っていたところだときいています。そこで、今朝、死体が発見されたということなので、一応、警部にもお知らせしておこうと思いまして、電話をした次第です」

と、西本は、いった。

「分かった。一応、どんな事件か、われわれが捜査している事件と、何か関係があるかどうかを、調べてみる」

と、十津川は、いって、電話を切った。

松代は、真田一族の居城としても有名な松代城があったところだが、そのほかに、太平洋戦争では、昭和十九年から二十年にかけて、戦局が悪化の一途をたどっていた時、軍部は、本土決戦を叫んで、松代の山の下に、五千八百五十四メートルのトンネルを掘り、そこに大本営、各省庁を移し、そのほか、天皇陛下の御在所も造って、そこに来ていただこうと計画したことでも有名である。

九ヵ月の時間と、三百万人の人間を費したが、完成しないうちに、戦争は終わってしまった。この地下壕の工事に、松代の住民の他、朝鮮の人たちが強制的に動員された。工法が旧式で、人海戦術のため、多くの犠牲者が出た。

このことを知って貰うために、平成元年から見学できるようになった。

どうやら、そのトンネルの中で、死体が発見されたらしい。

十津川たちが、松代に着いてみると、問題の地下壕の入口に、案内所があった。

ネコの額ほどの土地の上に、案内所と簡易トイレがあり、ほかに、犠牲者を悼む碑が、立っている。

大きな立て看板があって、

「ここには、駐車場がありませんので、車は遠くに停めてから、こちらに、入ってください」

と書かれている。なるほど、この狭い場所では、車を停めることもできないだろう。

だが、強引に、県警のパトカーが一台、停まっていて、もう一台のパトカーが、少し離れたところに、停まっていた。

長い坑道の中は、入口から五百メートルの区間だけ見学できることになっている。人間一人が、やっと通れるほどの狭さで、奥に向かって、裸電球が、黄色い光を放っている。

案内所で頼むと、ヘルメットを貸してくれるらしい。

十津川たちが、入っていくと、その小さな広場には、進入禁止のロープが張られていて、パトカーのそばに、坑道の現場から運ばれてきたらしい、三十代ぐらいの男の死体が、仰向けに、置かれていた。

捜査の指揮に当たっているのは、県警の森山《もりやま》という警部だった。

十津川は、まず、その森山という警部に、挨拶した。

相手は、少しばかり、ビックリしたような感じで、

「どうして、警視庁の警部さんが、わざわざ来られたんですか？」

と、きく。

「いや、この事件のために、来たわけではありません。東京で、殺人事件が起きましてね。

その捜査をやっていると、どうも、真田一族が、絡んでいる事件のように、思われるので、上田で調べたり、名古屋へ行ったりしていたんですが、松代で、殺人事件が発生した。そういうニュースをきいたものですからね。松代といえば、上田、沼田と並んで、真田一族の居城が、あったところですから、われわれが調べている東京の殺人事件に、ひょっとすると、何か関係があるんじゃないか？　そう思って、来てみたんです。もちろん、そちらの捜査のお邪魔をするような気は、全くありません」

と、十津川は、いった。

「分かりました」

と、森山警部は、うなずき、

「これが、この仏さんの持っていた、免許証ですよ」

と、いって、十津川に渡してくれた。

その免許証によると、被害者の名前は、川口健二《かわぐちけんじ》、年齢三十五歳。住所は、東京の、江東区内のマンションになっていた。

「死因は、何ですか？」

と、亀井が、きいた。

「一応、今のところ、鈍器のようなもので、後頭部を殴られ、そのあと、首を絞められた形跡があります。おそらく、犯人は、一緒に暗い坑道に入り、後ろから、鈍器で被害者の頭を殴り、倒れた被害者の首を絞めたんでしょう」

と、森山警部が、いった。

「発見者は？」

十津川が、きくと、

「この地下壕ですが、朝の九時から見学ができることになっています。最初の観光客が、案内所で、ヘルメットを借りて入ったところ、入口から、三十メートルぐらいのところに倒れている、被害者を発見して、一一〇番してきたんです。発見者は、女性だけの五人のグループで、三泊四日の予定で、長野県内を観光して歩き、最後の日の今日、この松代の地下壕を見に来て、死体を発見したということです。発見者の名前が必要ならば、お教えしますよ」

と、森山が、いった。

「後で、その五人の名前をプリントしていただけませんか？」

亀井が、頼んだ。

十津川と亀井は、もう一日、長野に留まることにした。

松代地下壕で発見された死体は、東京の事件とは無関係かも知れないが、少しでも何か分かれば、その知識を持って、東京に戻りたかったからである。

松代の付近で、どこに、これといった旅館やホテルがあるのかは、分からなかった。

森山警部が、山田温泉というところを紹介してくれた。十津川が、初めてきく名前である。

「その山田温泉の福井荘という旅館に、自分の知り合いが、働いているので、そこにご案内しますよ」

と、森山は、いってくれた。

そこは、山あいの小さな温泉だったが、周辺の山を借景にして、景色を楽しむために、造られたような旅館だった。特に、ロビーから見る、窓の外の景色が素晴らしい。

巨大な横長の一枚ガラスの窓には、川を隔てて、山肌が迫っていて、時にはカモシカなどが姿を現すと、女将《おかみ》が教えてくれた。

十津川が、松代の地下壕のことを話すと、女将が、

「あそこには、象山《ぞうざん》という山があるんですよ。佐久間《さくま》象山の象山です。その山の地質が強固なので、その下に、戦争中、軍部がトンネルを掘って、要塞を造ったんですよ」

と、教えてくれた。

その日の夕刊に、事件のことが、大きく報じられた。松代の地下壕の中で、発見された

被害者の名前、そして、顔写真。警察は、殺人事件と断定して、捜査を開始したと、新聞は書いていた。

しかし、この被害者が、東京の事件と、関係があるのかどうかは、まだわからない。

翌朝、部屋の窓を開けると、小雨が降っていた。山あいの旅館なので、天気は、微妙に変化するらしい。

朝食の時、仲居が、

「間違いなく、すぐ晴れますよ」

と、教えてくれた。

チェックアウトの支度をしていると、十津川の携帯が、鳴った。

出てみると、男の声で、

「私を覚えていますか？」

と、きく。

「どなたでしたかね？」

「名古屋のレインボーという喫茶店ですが、覚えていませんか？　私は、あの店のオーナーですよ」

「ああ、あなたですか。確か、金子さんでしたね？」

「ええ、そうですよ。十津川さんに、電話をしようと思ったけど、あなたの携帯が分からないから、わざわざ、知り合いの県警の刑事さんに電話して、聞いたんです。でも、かかってよかった」

「何か、急なご用ですか？」

十津川が、きくと、

「今、十津川さんは、長野県の、松代にいらっしゃるんでしょう？　例の松代の地下壕で発見された死体、その件で、そちらに、行っていらっしゃるんでしょう？」

金子が、きく。

「ええ、そうですが、よくお分かりになりましたね。しかし、事件のほうは、県警の所管だから、私は今日、東京に戻ろうと、思っているんです」

十津川が、いうと、

「それが大変なんですよ」

と、金子が、思わせぶりないい方をする。

「何が大変なんですか？」

「そちらで殺された男の写真、新聞に出たでしょう？　テレビにもね。それが、あの男なんですよ」

金子は、そういったが、とっさには、十津川には、何のことやら分からなかった。

「いったい、何が大変なのか、教えてくれませんか？」

十津川が、いった。

「十津川さんがウチに来た時、お話ししたでしょう？　あの真田さんの一家を騙した男、あの男が、そっくりなんですよ。松代の地下壕で、殺された川口健二という男の顔と、そっくりなんですよ。間違いなく、十津川さんに話した、あの男なんですよ」

金子は、電話の向こうで、大きな声を出した。

第五章　検証の旅

1

思わず、十津川は、

「その話、本当でしょうね？」

と、相手の話にのってしまった。

どうやら、金子は、こういえば、十津川が驚くだろうと、初めから狙っていたらしく、電話の向こうで、楽しそうに笑い声を立てた。

「やっぱり、十津川さんも、ビックリなさったみたいですね。でも、これは本当のことですよ。間違いなく、川口健二が、名古屋にやって来て、あの真田家を、顕彰するといったんですよ。それがどう絡まってしまったのかは分かりませんが、そのあと、真田昭夫さんは、自殺してしまった。まあ、いってみれば、川口は、事件の当事者みたいなものですよ。それがどうして、信州で、殺されたりしたんでしょうかね？」

「大事なことなので、念を押しますが、川口健二という男が、名古屋にやって来て、あの真田家を、顕彰するといったんですね？　間違いなく、あの川口健二という男だったんですか？」

「その通り間違いありません。もし、お疑いなら、もう一度名古屋に来て、自殺した真田昭夫さんの両親に、おききになったらいい」

と、金子は、いった。

「もちろん、もう一度名古屋に行って、真田昭夫さんの両親に、会いますよ」

十津川は、キッパリと、いった。

「一つだけ、問題が、あるかも知れませんよ」

金子が、思わせぶりに、いった。

「どういうことですか？」

「今、私がいったことは、間違いないことだけど、真田昭夫さんの両親は否定するかも知れません。何しろ、大事な一人息子が、自殺してしまったんですからね。その原因を作った男のことを、否定するのは、十分に考えられますから。しかし、どう否定しても、私が今いったことは、間違いないことですよ」

金子は、いい、電話を切った。

十津川は、旅館福井荘をチェックアウトすると、タクシーを呼んでもらって、松代町管轄の長野南警察署に向かった。そこで、県警の森山警部に会った。

「松代の地下壕で、発見された川口健二という被害者ですが、その後、何か分かりましたか?」

十津川は、森山警部に、きいた。

「今、調べているところですが、いったい、何をしていた男なのか? 東京の男が、どうして、あの松代の地下壕で、殺されていたのか? そうしたことを重点的に、調べているのですが、何しろ、昨日の今日のことで、残念ながらまだ何も分かっておりません」

森山が、いう。

「これから、名古屋に行くつもりですが、名古屋で真田昭夫という二十代の大学生が、自殺しています」

十津川が、いうと、森山は、

「ああ、その事件なら、新聞で読みましたよ」

「実は、その自殺事件と、松代の地下壕で殺されていた川口健二とが、何か、関係があるらしいんです」

十津川が、いうと、森山は、驚いた顔で、

「その話、本当なんですか？」

「まだ確証はないんですが、これから名古屋に行って、証拠を見つけようと考えているんです。何か分かったら、すぐこちらに電話しますよ」

十津川は、約束した。


名古屋に着くと、十津川と亀井は、前回、いろいろと世話になった木下警部に会った。

その木下は、十津川の顔を見るなり、

「真田昭夫の、自殺の件ですが、いくら調べても、他殺の線は、出てきませんよ」

と、いった。

木下は、十津川が、あれは殺人ではないかと疑って、また名古屋にやって来たと、思ったらしい。

十津川は、苦笑して、

「いや、私も、あれが、他殺だなどと思ったことはありません。実は、長野県の、松代に行っていましてね。松代には、有名な地下壕があるんですが、その地下壕の中で、殺されていた三十五歳の男の件を調べに行っていたんです。男の名前は、川口健二。こちらの、自殺事件に関係があると、いう人がいましてね。それを確認したくて、再度、こちらにお邪魔したというわけなんですよ」

「真田家のことは、しばらく、そっとしておいていただけませんかね？　何しろ、大事な跡取りの息子さんが自殺してしまったんですから」

木下警部が、やんわりと、十津川に釘をさした。

「事情は、よく分かります。しかし、問題が起きたら、それを、解明しなければならないのが、われわれの、仕事ですからね。何とか、協力していただけませんか？」

と、十津川が、いった。

木下は、十津川が持ってきた、川口健二の顔写真を見ながら、

「それで、この男が、こちらの、自殺事件に関係しているといったのは、いったい誰なんですか？」

「喫茶店レインボーの、金子マスターですが」

十津川が、いうと、木下は、大げさに肩をすくめて、

「また、あの男ですか？　あの男のいうことは、信用できませんよ」

「しかし、この件については、彼が、本当のことを、いっているような気がするんです。

それで、もう一度、真田昭夫さんの、ご両親にお会いしたい。一緒に行っていただけませんか？」

十津川が、頼んだ。

「警視庁の十津川さんの頼みですから、同行するのは、やぶさかではありませんが、おそらく、真田昭夫の両親は、こういう話は、敬遠すると思いますね」

と、但し書きをつけながらも、木下警部は、十津川たちに同行することを、承知してくれた。

真田邸を訪ねるのは、二度目である。前に来た時も感じたのだが、とにかく豪邸である。

十津川たちは、奥に通され、間を置いてから、母親の慶子が、和服姿で現れた。

「主人がまだ、会社から帰っておりませんの」

と、いう。

十津川は、そんな彼女に向かって、

「どうしても、見ていただきたいものがありまして」

と、いって、川口健二の写真を見せた。

「この男ですが、以前、お会いになったことはございませんか？　名前は、川口健二といい、三十五歳で、東京の人間です」

慶子は、写真に、チラリと目をやったが、すぐ顔をそむけてしまった。

「どうでしょうか？　前に一度、お会いになったことが、あるのではないかと、思っているのですが」

「私は、東京には、知り合いがございません」

慶子は、そんないい方をした。

「以前、社団法人六文銭の会の人間が、こちらに訪ねてきたことが、あるはずなんですよ。東京に本部のある、真田幸村を称《たた》え、真田家の子孫の方を、顕彰する会なんですが、この写真の男は、その会に所属している人間で、こちらに伺ったことがある。そう思うのですが、どうでしょう？　記憶にございませんか？」

十津川が、きいた。

「何度も、申し上げますが、この方に、お会いしたことはございません。初めて見る顔です」

慶子は、頑固に、いい張った。

「しかし、社団法人六文銭の会の方が、こちらに来たことは、間違いありませんね？　新聞でも、六文銭の会から、こちらが、真田家の子孫ということで顕彰されたと、書いていましたから。これは、間違いありませんね？」

十津川は、くり返した。

「ええ、私どもも、真田家の子孫ということで、いきなり顕彰されて、ビックリ致しました」

「その時、六文銭の会からは、何人の方がいらっしゃったんですか？　二人の方が、いらっしゃったと、きいているのですが」

「ええ、確かに、お二人、いらっしゃいました。私は、そのうちの一人の方としか、お会いしませんでしたけど、主人は、お二人ともに、会っていると思います」

「その人たちが、持ってきた名刺は、今もお持ちですか？」

十津川が、きくと、

「それも、主人が、持っていると思います。私は、持っておりませんから」

慶子は、冷たい口調で、いった。

「ご主人が、六文銭の会のメンバー、二人にお会いになったことは、間違いないんですね？」

十津川が、念を押すと、

「それは、主人に、きいていただけませんか？　お二人に会ったのは、私ではなくて、主人のほうですから」

慶子が、いった。

2

次に、十津川と亀井は、木下警部と一緒に、真田雄一郎が社長をしている会社を訪ねた。

ここまで来たら、何とか、分かるところまで解明したい。それが十津川の希望だった。

その途中のパトカーの中で、

「真田雄一郎のほうも、あまり協力は、しないと思いますよ。何しろ、あの顕彰騒ぎの中で、息子さんが、自殺してしまっていますから」

木下は、忠告するように、いった。

それでも、真田雄一郎は、十津川たちに、会ってくれた。

しかし、彼が不機嫌なことは、その顔を見た途端、察しがついた。

会ってくれたのは、警察の人間だから、仕方なくというのが、本音なのだろう。十津川が、川口健二の写真を見せた時も、雄一郎の態度は、同じだった。

「こんな男に、会ったことは、ありませんよ」

と、突っけんどんに、いう。

「しかし、社団法人六文銭の会の方が二人来て、真田さんが、その人たちに、お会いになったことは、間違いありませんね?」

十津川は、念を押した。

「ええ、会うことは、会いましたがね」

「その時、名刺をもらわれたと思うのですが、今もお持ちですか?」

亀井が、きくと、

「あんなものは、シュレッダーにかけて、捨ててしまいましたよ」

「どうしてですか?」

「一応、真田家の、子孫だということで、顕彰されたのは、嬉しかったけど、その後、大事な息子が、自殺をしてしまいましたからね。あのことは、もう忘れたいんです。ですから、あの会の方の名刺も、手元にはありません」

「その名刺の一つに、川口健二という名前はありませんでしたか? この写真の男が、その川口健二で、六文銭の会に、所属しているらしい人間なんですが」

「今もいったように、名前も、覚えていませんし、名刺も、手元にありません。この件については、すべて、忘れたいんですよ。これで、もういいでしょう?」

「あの時、六文銭の会が、最初に顕彰したのは、亡くなった息子さんの、昭夫さんでしたね？　顕彰された時は、あなたも、嬉しかったんじゃありませんか？　地方新聞にも、そのように、出ていましたが」

十津川が、いうと、雄一郎は、さらに不機嫌な顔になって、

「もちろん、その時は、名誉なことだと思いましたよ。しかし、そのあと、息子が自殺してしまって、全てが、いやな思い出になってしまいました。だから、何度もいいますがね、私は忘れたいし、家内も忘れたい。そう思っているんですよ」

「どうしても、分からないのですが、昭夫さんは、なぜ、自殺してしまったんでしょうか？　父親であるあなたには、分かりませんか？」

「私にも全く分かりません。分からないから、悩んでいるんです。分からないから、悔しいんですよ」

雄一郎は、溜息まじりに、いった。

3

何度も、雄一郎から、もう帰って欲しいといわれ、仕方なく、十津川たちは外に出た。

「次に、喫茶店レインボーのマスターに、会いたいんですが」

十津川が、いうと、木下警部は、渋面を作って、

「あの男に、会いたいのなら、勝手に会ってもらえませんか？　私は、あの男が、どうも苦手で、できることなら会いたくないですよ」

「どうしてですか？」

と、亀井が、きいた。

「何か事件があると、あの男が、いつもしゃしゃり出てくるんですよ。そして、引っかき回す。あることないこと、もっともらしくしゃべりますからね。最初は、信用してしまうんですが、結局、ウソだと分かって、いつも腹が立つんです」

苦笑しながら、木下が、いった。

4

結局、十津川と亀井の、二人だけで、喫茶店レインボーを訪ねたのだが、オーナーの金子は、真田雄一郎とは逆に、ご機嫌がよかった。

「私の電話を信用して、松代から、こちらに来てくれたんですね？　どうでした、結果は？」

ニコニコしながら、十津川に、きく。

十津川は、コーヒーを、注文してから、カウンター越しに、金子に向かって、

「また真田家に行って、自殺した真田昭夫さんの、両親に会いましたよ。二人に、川口健二の写真を見せましたがね。どちらも、けんもほろろで、会ったことも見たこともない。名前も知らないと、そういわれましたよ」

十津川は、金子にも、改めて、川口健二の写真を見せた。

「本当に、この男に、会ったんですね？」

十津川は、念を押した。

金子は、相変わらず、ニコニコしながら、

「もちろん、会っていますよ」

「どんな時に、会ったんですか？」

「あの顕彰騒ぎの時ですよ。六文銭の会の顕彰の前に、この男が、ウチの店に、来ましてね。真田家のことを、いろいろときいていったんですよ」

「最初から、社団法人六文銭の会だといったんですか？」

「いいえ、私のほうからきいたんですよ。真田家のことを、いろいろときくので、どうしてですかときいたら、自分は、東京に本部のある、社団法人六文銭の会の人間だが、真田

家の子孫がまだ健在であったら、おめでたいことなので顕彰したい。それが、会の趣旨だといいましたね。真田家の子孫といったか、真田幸村の子孫といったかは、忘れましたが、とにかく、おめでたいことなので顕彰したい。それで、調べているんだと、私にいいましたよ」

「それで、あなたに、あの真田家のことをいろいろと、きいたんですね？」

「そうですよ。特に、大学生の真田昭夫さんのことを、詳しくきいていましたね。在学中に司法試験に合格したので、それだけでもめでたい。真田家の子孫ならば、余計におめでたいから、是非顕彰したい。そういわれたので、私も、そういうことなら、協力したいと思って、男からきかれるままに、いろいろと話をしました」

「どんなことを、きかれたのか、覚えていますか？」

亀井が、きいた。

「ええ、覚えていますよ、こう見えても、私は、自分の言動には、責任を持つ主義ですからね」

金子が、得意げに、胸を張った。

木下警部の言葉を、思い出して、内心、十津川は、苦笑しながら、

「どんなことをきかれたのか、具体的に、教えてもらえませんか？」

「あの真田家が、いつ頃から、ここに住んでいるのかとか、財産はいくらぐらいあるのかとか、昭夫さんの性格とか、家族は仲がいいのかとか、細かいところまで、いろいろときかれましたよ。どんな車に、乗っているのかまで、きかれましたからね。そうか、顕彰するに際しては、こんな細かいことまで調べるのかと思って、感心したことを、覚えていますよ」

「その結果、新聞に載りましたがそのあと、真田昭夫さんは、自殺してしまった。そのことは、前にも、おききしたと思うのですが、もう一度、改めておききします。自殺の理由は、何なのか、分かりますか？」

「前にも、刑事さんに、お話ししたと思うのですが、とにかく、真田幸村というのは、偉大すぎる英雄ですからね。その子孫ということで、それがかえって、重圧になったんじゃありませんか？　そんな気がしているんですが」

金子が、いやに、まともなことをいった。

「ほかに、理由は、考えられませんか？」

十津川が、いうと、金子は、急に声を落として、

「これは、内緒なんですけどね」

と、いう。

「とにかく、話して下さい」

十津川が、いった。

「おそらく、あの真田家のことを、妬んでいる人の、噂話だと思うんですが、真田家の子孫という記事が、載った後で、こんな噂が出たんですよ。真田家の子孫だとか、真田幸村の子孫だとか、いっているが、あれは、真っ赤なニセ者だ。真田家とは、全く関係のない人間なんだ。そういう噂が、流れましてね。それを気に病んで、息子さんが、自殺してしまったんじゃないかと」

「もう一つ、質問が、あるんですが、社団法人六文銭の会の人間が、突然訪ねてきて、あの真田家は、真田幸村の子孫だから、顕彰したい。そういって来たので、事が大きくなってきたんですよね？　その前は、どうだったんですか？　その前から、あの真田家は、この名古屋に住んでいたわけでしょう？　その頃、真田幸村、あるいは、真田家の子孫だという話は、有名だったんですか？」

十津川が、きいた。

「そういわれてみると、あの報道の前は、あの家のことを、真田家の子孫だとか、真田幸村の子孫だとかいう話は、噂としてはあったけど、今回の一件ほど、表立って、騒がれたことはありませんでした」

金子が、考えながら、いった。

「真田家の人たちは、どうだったんですか？　自殺した昭夫さんも含めてですが、自分たちは、あの真田家の、子孫だということを、近所の人たちに、いっていたんでしょうか？」

「それは、なかったんじゃないですかね。そういう話は、自分たちからは、したことがなかったから。でも、顕彰騒ぎが起きてからは、ああ、やっぱり、真田幸村の子孫だったのかとか、奥さんも、どこかの大名の子孫だみたいな話が、急に、大きくなりましたけどね」

金子が、いった。

「もう一つおききしたいんですが、この川口健二という男ですが、どんな印象を、持ちましたか？」

亀井が、きいた。

「今もいいましたように、あの真田家のことを、あまりにも細かくきくので、感心したのを、覚えているんですよ。確かに、真田幸村の子孫ということで、顕彰するんだから、間違ってはいけませんからね。それで、こんなにも詳しくきくのか。両親の生い立ちから、真田家の資産状況まで、とにかく詳しくきくんですよ」

「そんなに、詳しくきいたんですか？」

「ええ、そうです。何しろ、コーヒー一杯で、三時間近くも、粘られましたからね。普通ならいやになってしまうんだけど、あの時は、感心したのを、覚えていますよ」

金子が、いかにも、この男らしいことを、いった。

「その後も、この男に会いましたか？」

十津川が、きいた。

「会ってはいませんが、電話がかかってきましたよ」

「それは、いつ頃のことですか？」

「顕彰式の少し前ですよ。おかげで、隠れた、真田家の子孫を、探し出して、顕彰することができた。いろいろと教えてくれた、あなたのおかげだ。そういって、お礼をいわれたんですよ」

「その時、ほかには、何かいっていませんでしたか？」

「そうですね。ああ、こんなこともいっていましたね。社団法人六文銭の会というのは、国がやっている会ではなくて、民間の有志によって、作られている会だから、大げさにはしたくない。真田家の子孫というのは、日本全国に、散らばっているので、一人一人、見つけ出して、子孫の方の名簿を作りたい。その名簿が完成するまでは、あまり大げさにされては困るから、吹聴するようなことは、会のためにも、顕彰される人たちのためにも、ならないので、その点は、含んでおいて下さいと、いわれましたよ。しっかりした会だと思って、感心したのを、覚えているんです」

「その後、川口健二という男の消息や、六文銭の会の評判などについては、何かきいていませんか？」

「あのあとは、あまりきいていませんね。この川口さんがいっていたように、今も、日本のどこかで静かに、真田家の子孫を、探し出しては、顕彰しているんじゃありませんか？　そのうちに、川口さんがいっていた、名簿が完成して、送られてくるのを、楽しみにしているんですよ」

金子が、また、まともなことをいった。

「最後に、聞きにくいことを、聞きますがね」

と、十津川は、断ってから、金子に向かって、

「前にお会いしたとき、あなたは、社団法人六文銭の会は、信用できない。何でも、真田家を顕彰したあと、多額の寄付をだまし取り、それを苦にして、真田昭夫さんが自殺したみたいなことを、われわれに、話していたんですよ。それが、今日は、やたらに、六文銭の会を、誉《ほ》める。いったい、どっちが本当なんですか？」

金子は、大げさに、頭をかいて、

「申しわけありません。前に、刑事さんに、寄付だとか、胡散臭《うさん》いといったのは、私の勝手な、思い込みでしてね。どうも、私は、ひがみ根性がありましてね。立派な人間とか、グループに会うと、つい、本当は、怪しいんじゃないかと、考えてしまうんですよ。それで、この前は、勝手にあんなことを喋ってしまったんですが、全て、何の証拠もない、でたらめです。刑事さんを欺《だ》ますようなことを、いってしまったし、立派な事業をやっている六文銭の会も、傷つけてしまったと、自省しているんです」

「六文銭の会から、抗議でもあったんですか？」

「そんなものはありませんよ。私が、自分で、この会のことを調べて、立派な会だと、納得したんです。本当ですよ」

金子は、説得口調で、いった。

(何となく、おかしいな)

と、十津川は、思った。が、それは金子にはいわなかった。

5

十津川たちは、帰京するその日のうちに、平河町にある、社団法人六文銭の会の本部を訪ねていった。

十津川が、受付で、川口健二の写真を見せ、

「この人のことで、話をききたい」

というと、なぜか急に、奥から、山本という広報部長が出てきた。

十津川が、改めて、

「この川口健二という人は、六文銭の会の、人間ですね？」

と、念を押すと、山本は、

「違います」

と、言下にいう。

「違うんですか？　しかし、この男が、社団法人六文銭の会の人間だと、名乗っていたのは、間違いないんですがね」

十津川が、重ねていうと、

「それで、こちらも、大変迷惑しているんですよ」

「どんなふうに、迷惑しているんですか？」

「刑事さんもご存じだと、思いますが、六文銭の会という、ウチと同じ名前を、名乗っている団体が、いくつもありましてね。ウチが本物の六文銭の会で、社団法人はウチだけだけど、ほかにはウチの名を騙るニセ物もあるようなんですよ。この写真の男は、多分、そのニセ物の六文銭の会の人間じゃないかと、私たちは、思っているんです」

「名古屋に住んでいる真田雄一郎という人がいるんです。その家族が、真田家の子孫、真田幸村の、子孫ということで顕彰されて、そのことが、新聞にも載りました。その時、向こうに行って、いろいろと調べていたのが、この写真の男、川口健二なんですが、それでも、この川口健二のことを、ご存じないとおっしゃるのですか？」

十津川が、少し強い口調で、きいた。

「実は、あの件でも、困っているんですよ。あの件は、ウチとは、何の関係もないんですよ。ただ、あまりにも、関係ない、関係ないというと、真田幸村、あるいは、真田家に対して、申し訳ないと思いましたから、会としては、沈黙を守っていたんです。分かる人なら、分かってくれると、思いましてね」

「この件ですが、顕彰された真田昭夫という人が、その後、自殺しているんですよ。その自殺については、いろいろと噂が出ているんですが、それも、この会とは関係ありませんか？」

「もちろん、ありませんよ」

「真田昭夫さんが、自殺したことは、ご存じですね？」

「ええ、それも、新聞で読みました」

「感想は？」

「困ったことになったと、思いましたよ。ニセの六文銭の会が、顕彰したというので、きっと、何か悪いことに、なるんじゃないかと思って心配していましたからね。自殺騒ぎになって、ああ、やっぱりと思いました。何しろ、そのニセの会は、うちで作ったパンフレットを、自分の会のパンフレットだといって、平気で配り歩いていますからね。今、刑事さんのいわれた名古屋の顕彰の件のあと、うちが顕彰したと思って、ずいぶん、電話がかかってきましたよ」

「どんな電話ですか？」

「そうですねえ。こんな電話もありましたよ。自分の家の家系図を見たら、どうも真田幸村と関係があるらしいとわかったので、顕彰して欲しいという電話ですよ。東北の酒屋さんでしたが、うちに、顕彰して貰って、それを、店の宣伝に使いたいみたいで、そんな電話が多いんです」

と、山本が、笑った。

「それで、どうだったんですか？」

亀井が、興味を持ってきくと、山本は、小さく手をふって、

「ぜんぜん、無関係でしたよ。日本は、明治維新のとき、それまで、苗字のなかった農民や、漁民が、苗字をつけたわけですよ。その時は、家がたまたま、田の中にあるから、田中にしたとか、聞いています。真田幸村が好きな人間が、あやかろうと、真田という苗字にしたことだって、十分に考えられますからね」

と、山本は、いった。

「もう一度、お尋ねしますが、この川口健二という男は、本当に、この会に、所属している人間じゃないんですか？」

「ええ、ウチの人間では、ありません」

「それでは、申し訳ありませんが、ここの職員録なり、名簿なりを、見せていただけませんか？」

十津川が、要求した。

「関係があると思われるのは、われわれとしては、全く心外ですから、職員録をお見せし

ます」

そういって、山本は、職員録を、二人の刑事に、見せてくれた。

なるほど、正規の職員の欄《らん》にも、ボランティアの人間の欄にも、川口健二という名前はない。

「納得していただけましたか？」

山本は、十津川の顔を、のぞき込むようにして、きいた。

「ええ、納得しましたよ。どうもありがとうございました」

と、いって、十津川は、立ち上がった。

しかし、外に出ると、

「あまり信用できないな」

と、十津川は、亀井に、いった。

「そうですね。少しばかり、新しすぎますよ。あれは、急遽新しく作った職員録じゃありませんか？」

「同感だ」

十津川も、いった。

「これからどうしますか？」

亀井が、きいた。

「こうなると、専門家にきくより仕方がないな」

「専門家と、いいますと？」

「真田一族の、本拠地といえば、上田と松代だ。上田には真田神社があるし、松代には真田宝物館もある。そこの人たちに、意見をききたいし、松代の地下壕で、殺された川口健二のことも、気になるからね。もう一度、信州に行ってみようじゃないか？」

6

十津川は、亀井と二人、翌日、信州に向かった。これで、信州には、何回来たことになっただろうか？

松代には、真田一族というか、真田幸村に関した記念館や、資料館などがある。その一つ、真田宝物館を、二人は、訪ねた。

真田家が、武田信玄の二十四将に名を連ねた頃の話から、真田幸村が大坂夏の陣で、壮烈な戦死を遂げるまでが、細かく、写真や甲冑などと一緒に、説明されている。

ここで、館長に、二人は、会った。

「真田一族について、いろいろと、教えていただきたいのです」

と、十津川が、いった。

館長は、笑いながら、

「真田一族のことと、いわれましても、実に膨大な資料がありますからね。それを、全部説明するというのは、大変ですよ」

「今、私が、担当している殺人事件なんですが、それが、社団法人六文銭の会、これは東京に本部が、あるんですが、この会が絡んでいるらしいんですよ。六文銭の会については、ご存じですか？」

「もちろん、知っています。六文銭の会というのは、とにかく、全国に、いくつもありますからね。そのうちのどれが、本当に真田家のことを、考えているのか、正直いって、真田宝物館の館長である私にも、よく分からんのですよ。どの会も、もっともらしいことを、いいますからね」

館長は、苦笑して見せた。

「真田家の子孫というのは、日本全国に、その足跡があるときいたのですが、それは、本当ですか？」

亀井が、館長に、きいた。

「真田幸村は、大坂夏の陣で戦死していますが、子だくさんで、四男九女がいたといわれています。その中に、阿梅《おうめ》という娘がいるんですが、この娘を、大坂夏の陣で、幸村が戦死した時、戦った相手の伊達家の家臣の、片倉小十郎という人が妻にもらい受けて、仙台に帰っているんです。この片倉小十郎は、敵将の真田幸村を尊敬していたようで、仙台に帰ってからは、自分の家の紋所を、六文銭に変えています。それで、この、小十郎が妻にもらった阿梅の子孫というのがいて、それが、いわゆる仙台真田と呼ばれているんです。このほかにも、真田幸村の、あっぱれな武者ぶりに惚れた人たちが、日本全国にいましてね。そういう人たちが、何とか、真田家との関係を作っては、各地に墓を作ったりしています。それを、地図に作ってありますから、お見せしますよ」

そういって、館長は、真田家関係の地図を見せてくれた。

なるほど、その地図を見ると、日本各地に、真田家と関係のある墓があったり、碑が建っていたりする。

「大変な数ですね」

十津川は、感心した。

例えば、宮城県の白石市には、真田幸村とその娘の墓がある。それから、真田幸村の娘、阿梅と結婚した片倉小十郎の墓もあって、それは、阿梅の墓と並べられていると書かれている。

長野県に多いのは、もちろん、真田家の居城があったから当然だが、ほかにも、例えば京都の竜安寺境内には、真田幸村夫妻の墓があると、書かれている。

大阪市天王寺区には、幸村が大坂夏の陣の時、ここで戦死したので、安居《やすい》神社に、真田幸村戦死の跡の碑が建っていると、地図には記されている。

四国の香川県さぬき市には、真田幸村の息子の墓があるという。

和歌山県九度山は、一時、真田幸村と、父親の真田昌幸が、流されていたところだから、当然、幸村が建立したといわれている昌幸の墓がある。

ここには、また、昭和三十七年に地元の人たちが建てたという、幸村の供養塔もある。

和歌山県の高野山には、真田昌幸、幸村父子が身を寄せた寺がある。

埼玉県の鴻巣《こうのす》市にも、真田信之三男、信重の墓があるという。その墓に並んで、信之の奥方、小松殿の墓もある。この女性は、女性ながら、文武の達人といわれている。

このほか、長野県長野市、あるいは上田市には、真田家代々の墓があると書かれていた。

感心して、その地図を眺めていた十津川に、亀井が、

「この宮城県白石市」

と、小声で、いった。

「そうか。宮城県白石市か」

急に、十津川の目つきが、変わった。

確か、東京で殺された、ホステスの志賀治美、二十八歳の郷里が、宮城県白石市だったはずである。

今まで、志賀治美は、真田一族とは何の関係もないと、思っていたのだが、この地図によると、志賀治美の故郷、宮城県白石市には、真田幸村や娘の墓があるのだ。

つまり、志賀治美は、どこかで、真田幸村、あるいは真田家と、繋がっていることになる。

十津川は、もう一度、日本地図を、見直した。

「大阪市天王寺区か。ここにも、幸村戦死の碑があるんだな」

「そうですよ。確か、最初に殺された、村上和雄ですが、あの青年実業家が、生まれたのは、大阪の天王寺ですよ。だから、そのことで、真田幸村と、繋がっているんですよ」

亀井も、眼を光らせている。

確か、第一の被害者、村上和雄は、大阪市天王寺区逢坂の生まれだったはずである。そこにある安居神社の境内には、真田幸村戦死の碑が、建っている。

志賀治美は、確か、宮城県白石市福岡蔵本の生まれだったはずである。そこには、幸村と娘が、葬られていると、地図には書かれている。

「この地図をコピーしていただいて構いませんか？」

と、十津川が、きいた。

「ええ、もちろん、構いませんよ。この地図は、真田六文会という会がありまして、そこの真田博明という会長さんと、歴史研究家の小西幸雄さんが、協力して作ったもので、別に秘密はありませんから、どうか利用してください。こちらとしては、真田幸村の功績が広く知られれば、それが、嬉しいわけですから」

と、館長は、いった。

「さっきも、東京の平河町にある社団法人六文銭の会のことについて、おききしたんですが、この会について忌憚《きたん》のないご意見をお聞かせ下さいませんか？」

十津川は、館長に、いった。

「忌憚のない意見と、いわれても困るんですが、同じ名前の会が、日本全国に、四つか、五つあるんですよ。中には、真剣に真田家、真田幸村の名前を、広めようとしてくださっている会も、ありますが、何か、真田幸村の名前を利用して、お金を、儲けようとしているような会も、ありますから。だからといって、そういう会を、作ってはいけないとは、いえませんからね」

館長は、当惑の顔で、いった。

「この平河町の会ですが、会員の中には、国会議員の先生や、有名人もいるんですが、どうも私には、純粋で立派な会だとは、思えないんですよ。どこか怪しげなところがある。館長さんは、そんな噂を、おききになったことはありませんか？」

と、亀井が、きいた。

「正直に申し上げると、以前に何回か、この会のことで、ウチに、苦情が寄せられたことがあるんですよ。ウチに、苦情をいわれても、ウチが、この社団法人六文銭の会を、やっているわけではありませんので、困ってしまうんですがね」

「どんな苦情が、寄せられたんですか？」

「この会の趣旨は、真田家の子孫というか、真田幸村の子孫を、発見して、その功績を顕彰する、そういうことを、謳《うた》っているんですが、ある日突然、この会の人がやって来て、あなたは、真田幸村の子孫なので、顕彰したい。そういわれた。名誉なことなので、顕彰を受けると、今度は、顕彰碑を作るとか、あるいは、真田幸村の立派なアルバムを、作るとかいって、莫大な寄付を要求されて困った。そういう苦情が多かったですね。今もいったように、こちらにそうした苦情を、持ち込まれても困るので、一応、この六文銭の会に、そのまま伝えましたが」

「それで、六文銭の会のほうからは、こちらに、何か謝罪とか、反省の手紙のようなものは、来ていますか?」

「一度だけ、反省の言葉が、書かれた手紙を、受け取りましたよ。確か、あれは、偉い元政治家の先生の名義に、なっていましたね」

と、館長が、苦笑した。

「真田家の子孫、真田幸村の子孫といっても、全てが、本物というわけではないんでしょう? しっかりした証拠が、あるようなものならいいと思いますが、相当いいかげんなものも、あるんじゃありませんか? そんな話をきいていませんか?」

亀井が、きいた。

「それらしい問い合わせが、ウチに来ることがありますよ。そんな時は、正直に、違う時は違うと、はっきり申し上げているんですが、その後どうなったのか、返事がないので、分かりません」

と、館長が、いった。

「名古屋に真田という家があって、六文銭の会が、十何代目かの、真田幸村の子孫だということで、この家族を顕彰したことがありましてね。確か、名古屋の地元の新聞には、載ったんですが、この件は、ご存じですか?」

「ええ、あの事件のことなら、きいています」

館長は、事件という言葉を、使った。

「その後、真田昭夫という、二十代の若者が自殺してしまったんですが、そのこともご存じですか？」

「もちろん知っています。大変悲しい事件でしたから」

「あの真田一家ですが、顕彰はされましたが、実際のところは、本当に、真田幸村の、十何代目かの子孫なんですか？」

十津川が、きいた。

「こんなことを、いっては申し訳ないが、名古屋の真田家というのは、残念ながら、真田家、あるいは、真田幸村とは、何の関係もありません。新聞に載ったので、顕彰した六文銭の会のほうには、通知は、しておいたんですがね。何の返事もありませんでしたよ」

「そうですか。あの真田家は、何の関係もないんですか？」

「ええ、ありません。残念ですが」

と、館長は、いったあと、

「今から考えると、この六文銭の会というのも、ずいぶん、罪作りなことをしたものだと思いますよ。真田幸村の子孫でもない家に行って、あなたのところは、真田幸村の子孫だからといって誉めて、顕彰する。それを、新聞が取り上げる。しかし、本当は、子孫ではないんだから、そんなことになっては、当然、困ってしまいますよね？　だから、真田幸村の功績をけがしてしまったと思い、自責の念にかられてしまうのではないかと、私は心配しました」

「それで、真田昭夫という青年は、自殺したんでしょうか？」

亀井が、いった。

「その件に関しては、私は、何も申し上げられません」

館長は、遠慮がちに、いった。

7

その日、十津川と亀井は、上田に近い、別所温泉に泊まることにした。

ひなびた、小さな温泉街だが、建物が古くて大正ロマンの香りが、あった。

その一軒に泊まると、夕食の後、二人は、テーブルの上に真田宝物館でもらってきた、地図のコピーを広げた。

「これで、われわれの捜査は、大きく進展しましたね。今まで東京で起きた二つの殺人事件、第一、第二の殺人のナゾが、解けなくて困っていたのですが、これで、そのナゾが、解けたわけですからね」

勢い込んだ口調で、亀井が、いった。

「そうなんだ。村上和雄の死体の顔にも、六文銭が並べてあったし、ホステス志賀治美の死体にも、同じように、顔の上に六文銭が並べてあった。犯人が、どうして、そんなことをしたのか、あの時は、分からなくてね。村上和雄も、志賀治美も、真田一族、あるいは真田幸村とは、何の関係もないように、見えたからだ。しかし、この地図のおかげで、二人には、真田一族と、繋がりがあることが分かった。これで、六文銭のナゾが、一応、解けたことになる」

十津川も、嬉しそうに、いった。

「しかし、この二人が、なぜ殺されたのか、その理由はまだ分かりませんね。三人目の犠牲者、真田昭夫のほうは、自殺ですが」

亀井が、いった。

「第一、第二の殺人事件にも、社団法人六文銭の会が関係していると、警部は思われますか？」

「ここまで来ると、関係していると、思うほうが、自然じゃないのかね？」

十津川が、いった。

「関係してているとしてですが、どうして、第一、村上和雄、第二、志賀治美の二人は、殺されてしまったんでしょうか？　第三の真田昭夫ですが、殺されたのではなくて、明らかに、自殺ですよ。どうして、この差が、あるんでしょうか？」

「一つだけ考えられるのは、金だね」

と、十津川が、いった。

「真田宝物館の館長も、いっていたじゃないか。社団法人六文銭の会のやり方は、真田家、あるいは、真田幸村に関係している人間を、探し出して、あなたのことを、顕彰するといって、喜ばせておいてから、その後で、莫大な寄付を要求する。それが、あの会のやり方だと。名古屋の真田家だが、要求されるままに、寄付したんじゃないかと思うんだよ。だから、殺されなかった。ただ、そのことに誇りを傷つけられた真田昭夫本人は、自殺してしまった。そういうことじゃないかと、私は、思っている」

「そういえば、殺された、村上和雄ですが、一応、青年実業家で、通っていましたが、粉飾決算をしたりして、自分の会社を、業績がいいように見せていましたが、実際には、ほとんど赤字に近い経営だった。もし、そうだとすると、寄付など、できませんね？」

亀井が、いった。

8

翌朝、別所温泉の旅館で、目を覚ますと、部屋で朝食を取りながら、十津川は、今後の捜査について、亀井刑事と相談した。

「まず、朝食を済ませたら、松代に戻り、長野県警の、森山警部に話をきこうと思っている。地下壕の中で殺されていた、川口健二についての捜査が、その後どうなったのか？　まず、それをききたいのでね」

「その後は、どうしますか？」

亀井が、きいた。

「今、新しい展開を、見せようとしているのは、東京で起きた殺人事件二件だよ。第一の村上和雄殺しについては、大阪の天王寺に行って、調べてみたいと、考えている。また、第二の殺人事件、志賀治美殺しについては、郷里が宮城県の白石だから、そこに行って、志賀治美の身内の人間に、会って、話をきいてみたいと思っている」

「では、松代に行って、森山警部に会おうじゃありませんか」

亀井が、いった。

朝食を済ませると、十津川と亀井は、上田電鉄で上田まで戻り、駅まで迎えに来てくれた県警のパトカーで、松代に向かった。

長野南警察署には、「松代地下壕殺人事件捜査本部」の看板がかかっていた。

十津川たちは、そこで、県警の森山警部に会った。

「どうなっていますか？　川口健二殺しについて、何か、進展がありましたか？」

十津川が、森山に、きいた。

「まだ、容疑者は浮かんでいませんが、被害者、川口健二の行動が、少しずつ分かってきています。被害者は、殺される前々日、東京から新幹線で、上田に来ていたことが分かりました。その後、上田の旅館に泊まり、翌日、つまり、殺される前日ですが、松代に、来ているんです。松代でも、旅館に一泊していて、その旅館は、分かっています。その後、松代の地下壕の中で、殺されてしまったわけですが、被害者が、上田に一泊し、また、松代でも、一泊しているのは、何のためなのか？　上田と、この松代で、何をしようとしていたのか？　あるいは、誰と会っていたのか？　それが分かれば、この事件は解決していくと、私は確信しています」

と、森山は、いった。

「上田での行動は、どこまで、分かったんですか？」

「上田で、川口が、一泊したのは、市内の足立館という旅館です。この旅館の従業員からは、すでに、話をきいています」

「その内容を、是非ききたいですね」

「川口健二が、この足立館という旅館に、チェックインしたのは、事件の前々日、つまり二日前です。その日の、午後二時頃、川口は、東京から来たといって、チェックインしています。予約をしてあった、ということです。川口は、東京から来たといって、チェックインしてといって、旅館を出ていったそうです。そして、夕食の直前、午後六時頃に、旅館に帰ってきたと、旅館の従業員が証言しています」

十津川が、きいた。

「帰ってきた時の様子は、どうだったんですか？」

「かなり、機嫌がよかったそうです。それで、旅館の従業員が、どこを見物していらっしゃったんですかときいたところ、川口は、自分は、観光に来たのではなくて、人に会いに来たんだ。うまく話がついて喜んでいる、そういったそうで、それから続けて、こうもいったそうです。さすがに、この上田は、六文銭の街だね。誰も彼もが、真田幸村のことが好きなんだね。そういったそうです」

「被害者は、上田で、人に会ったと、そういったんですか？」

「足立館の従業員が、そう証言しています。この証言に、ウソはないと思っています。誰かに会うつもりで、被害者、川口健二は東京からやって来て、その人間に会い、話がうまくついたんで、それで、ご機嫌だった。私たちは、そう考えています」

「川口健二が会った人間ですが、その人間の目星は、ついているんですか？」

亀井が、きいた。

「いいえ、残念ながら、誰に会ったのかは、まだ、分かっていません」

「次の日、川口健二は、この松代に来た。そして、まず、旅館に入ったんですね？」

「ええ、そうです。この松代では、松代リゾートホテルという、ホテルに一泊していま す」

「その松代リゾートホテルに、チェックインした後、すぐに、例の地下壕に、来たんでしょうか？」

「いや、松代に一泊して、その翌日に、川口は、あの地下壕に、入っているんです」

「すると、そのホテルで、誰かに会ったということは、あるんですか？」

「今、それを調べているんですが、この松代でも、ホテルにチェックインすると、その後、すぐに外出したそうです。帰ってきたのは、上田の時と同じように、防犯カメラの映像の記録によれば、六時頃だったそうです」

「その時も、川口は、上機嫌だったんでしょうか？」

「それは、分かりません。というのは、このホテルは、部屋のキーを持ったまま、外出できます。ですから、川口は、フロントの人間から、キーを直接受けとらずに、自分の部屋に入っていて、それで、どんな様子だったかは、分からないのです」

「県警のほうは、この松代でも、上田と同じように、川口は、誰かに、会ったと考えているんですか？」

「そうですね。この松代でも、同じように誰かと会った。その人間と一緒に、翌日、地下壕に入ったということも、十分に考えられますから」

「他に何か、川口健二のことで、分かりましたか？」

十津川が、きくと、

「刑事の一人を、東京にやって、川口健二のことを、調べさせました。川口が住んでいたマンションなどに行って、話をきいたところ、川口が、どこかの会社の、サラリーマンであることが分かりました。もう一つ分かったのは、川口健二が、時々、真田幸村の武勇伝のような本を、管理人にプレゼントしたり、熱心に、真田幸村の大坂城での活躍について、話したりしたそうです。ですから、川口健二は、真田幸村が、本当に、好きだったんじゃないかと、思いますね。それから、川口健二は、東京にある、真田一族を顕彰するような、法人組織で働いていたらしいのですよ。その法人組織の正式な名称は、まだ、分からないのですが」

と、森山は、いう。

「それは、社団法人六文銭の会だと思いますよ」

十津川が、いった。

森山は、びっくりして、

「本当に、その社団法人に、所属していたんですか？　どうして、そのことが、分かったんですか？」

「以前、川口健二が、今いった、六文銭の会で働いていたことが、はっきりするような事件があったんですよ。殺された時も、同じ六文銭の会に所属していたのではないかと、私は考えています」

十津川が、いった。

「それで、川口健二は、まず上田に行き、それから、この松代に、来たというわけですか？　上田も松代も、真田一族が、城を持っていたところですからね。そう考えれば、彼が、六文銭の会の、人間だということも、納得できますね」

森山が、十津川に、いった。

「六文銭の会、これは、東京の平河町に本部があるんですが、そこで川口のことをきいても、そんな職員はいなかったと否定しますよ」

「どうしてですか？」

「私自身が、六文銭の会に行って、きいたからですよ。川口健二のことをきいたら、そんな職員は、いなかったという返事でした」

「ほかの会社に、勤めていたということですか？」

「いや、私は、間違いなく、川口は、六文銭の会に、所属していたと思っています。しかし、何か都合が悪くなったので、六文銭の会側では、否定しているんだと思いますね。六文銭の会というグループは、日本全国に、いくつもあるそうですから、ひょっとすると、川口は、私の知っている六文銭の会ではない、別の六文銭の会にいたのかも知れません。そこのところは、まだはっきりしないのですよ」

　と、十津川が、いった。

「もし、十津川さんのいわれる通りだとすると、社団法人六文銭の会というのも、何だか怪しげな会のように、思えてきますね」

「松代の、真田宝物館の館長にきいたら、この社団法人六文銭の会というのは、やはり、信用が置けないと、彼も、いっていました。どうも、この会は、元国会議員の偉い先生方を、理事長に迎えたりしているんですが、金儲けに走っていて、信用ができないと、いっていましたから、川口健二の件も、この会の胡散臭さが呼んだ殺人事件じゃないかと、私は、思っています」

第六章　三千坪の行方

1

十津川は、今まで調べてきたことを、ベースにして、一つのストーリーを、考えてみた。

真田幸村と、六文銭の人気を利用して、金儲けを企んでいるグループがいる。そのグループの名前は、社団法人六文銭の会である。

六文銭の会というのは、日本全国に、少なくとも、四つか五つくらいは、あるだろうといわれている。もちろん、その中には、真面目に、真田家や、真田幸村の功績を、顕彰しようとしているグループもあるだろうし、逆に、その名前を使って、詐欺を働こうとしているグループも、あるに違いない。

十津川が考えるのは、詐欺を働こうとしている、六文銭の会である。

その手口は、名古屋の真田家が、やられたような事例が考えられる。

六文銭の会は、職員を名古屋に派遣して、その職員は真田家に行き、在学中に司法試験に受かった真田昭夫、二十三歳に接触して、こういうのだ。

調べたところ、あなたの家が、真田幸村の正統な子孫であることが、分かった。

その上、あなたが、在学中に司法試験に受かったということになれば、これも、ひじょうに、おめでたいことだから、社団法人六文銭の会としても、あなたと、それから、ご両親を顕彰しようということになった。名誉なことなので、是非、承諾して欲しい、と。

真田昭夫は、自分たち家族が、真田幸村の子孫だと、いわれて、大喜びした。彼の両親も、当然喜んだろう。

東京にある六文銭の会は、理事長名で、表彰状を作り、記念のグッズを真田家に贈った。地元の新聞も、大きくそれを取り上げる。

一躍、真田昭夫と、彼の両親は、名古屋で有名人になった。

そうしておいて、後から、六文銭の会の運営のための寄付を、真田家に要求した。

最初、十津川はそんな手口を考えていたのだが、多額の寄付を、要求したとしても、それくらいのことで、真田昭夫が、自殺するとは、思えなかった。

とすると、もっと悪辣《あくらつ》なことを、六文銭の会は、計画していたことになってくる。

それを、十津川は、こんなふうに考えてみた。

六文銭の会は、まず自分たちが騙そうとする、獲物を探す。そして、名古屋に真田家というのがあって、真田幸村の子孫ではないかという噂が立っていることを知ると、職員を名古屋にやって、この真田家と接触させる。

しかし、血統を調べていくと、真田幸村の子孫でないことは、分かったはずである。

しかし、分かった時点で、わざと真田家と接触して、あなた方は、いろいろと調べてみると、正統な、真田幸村の子孫であることが、分かった。それで、あなた方を、顕彰したい。そんな形に、持っていったのだ。

真田家も、真田昭夫も、それをきかされて、自分たちこそ、真田幸村の子孫と考えて、有頂天になってしまった。喜んで、その顕彰を受ける。また新聞も、そのことを、大きく報道する。

そうしておいてから、これはあくまでも、想像なのだが、六文銭の会は、真田家が、真田幸村の子孫ではないことを、暴露するのである。

もちろん、それを、マスコミに発表するわけではない。直接、真田家に、行って脅かすのだ。

あなた方が、自分たちこそ、真田幸村の子孫であるというので、顕彰した。しかし、それが真っ赤なニセ者、インチキであることが、こちらの調査で分かった。

当会としては、それを、天下に知らせて、弾劾したい。

おそらく、そんなふうに、相手を脅かしたのではないか？

二十三歳の大学生、真田昭夫は、いちばん小心だったので、六文銭の会に脅かされて、自殺してしまった。

そして、彼の両親は、真相が暴露されて、名古屋にいられなくなるよりはと思って、要求された多額の金を、脅かされるままに、六文銭の会に払ってしまったに違いない。

次は、東京で殺された、青年実業家の村上和雄と、同じく、殺された、志賀治美というホステスの事件である。

村上和雄も、志賀治美も、自殺したわけではなくて、殺されたのである。なぜ、そうなったのか？

詐欺集団である、六文銭の会が、村上和雄と志賀治美に接触したことは、推測できるが、しかし、殺したことについては、疑問が出てくる。

なぜ、名古屋の真田家のように、脅迫して、大金を巻き上げなかったのだろうか？

そこが、不思議なのだが、それについて、十津川は、こう考えてみた。

名古屋の真田家に、接触してきたのは、明らかに、全国にいくつかある、六文銭の会のうち、東京の平河町に本部を置いている社団法人六文銭の会である。

この会は、立派なカラーのパンフレットを作り、それを、全国に配布している。理事長は、大臣を経験している政治家である。

そして、その謳い文句を信じるならば、会の目的は、日本全国にいる、真田幸村の子孫を探し出して顕彰し、顕彰碑や記念館を建てることであり、会の資金は、二十億円もあるという。

職員六十人、それに、日本全国で、真田幸村の子孫を探し出すために働いている、ボランティアが、常時二百人いるとも謳っている。

この六文銭の会によって発見された名古屋の真田家で、二十三歳の大学生、真田昭夫が自殺している。

顕彰しておいてから、その後、多額の寄付を六文銭の会が要求した。そのために、真田昭夫は自殺したのか、それとも、顕彰しておいて、あの真田家はニセ者だと批判し、追いつめて、自殺させたのか？

おそらく、その両方の手段が使われたと、十津川は、考えた。

東京で殺された、村上和雄と志賀治美の二人も、名古屋の真田家と同じように、東京に本部のある六文銭の会が、同じ目的で近づいたのではないか？

六文銭の会にしても、真田幸村の子孫、あるいは、真田家と関係のある人間を、探し出して顕彰すると、謳っているから、全く関係のない人間を、顕彰するわけには、いかないのだ。

そこで、六文銭の会は、十津川が手に入れたのと同じ、真田家関係の地図を、自分たちで、作成したのだろう。

その地図によれば、一見、真田幸村、あるいは、真田家とは、何の関係もないように思われた、青年実業家村上和雄の、出身地である大阪市天王寺は、大坂夏の陣で、壮絶な死を遂げた真田幸村の戦いの碑が建っているところということになる。

また、ホステス志賀治美の実家のある、宮城県白石市には、真田幸村や、娘の墓があると、記されている。

六文銭の会は、そうした地図を見ながら、真田幸村の子孫や、あるいは、真田一族の関係者を、探していたのだろう。

もっと、はっきりいえば、自分たちがカモにする相手を、探していたということになる。

六文銭の会は、村上和雄という青年実業家が、マセラッティという、高級車を乗り回していたりしていたことから、事業が順調にいっていて、かなり、資産があると睨《にら》んだのだろう。

また、志賀治美というホステスは、彼女自身には、財産がないが、伯父は、白石市の名士で、資産家である。

そして、姪の志賀治美にも、その財産を譲るのではないかと、そう考えて、村上和雄と、志賀治美の二人を、自分たちの、カモだと考えたのだろう。

そして、接触した。

二人を、真田一族の、関係者だから、顕彰するといって、喜ばせておいて、その後で、多額の寄付を要求したり、あるいは、脅迫する。そう考えて、接触したのだろうが、あにはからんや、村上和雄には詐欺の疑いがあり、青年実業家として、羽振りがいいと思ったが、会社は粉飾決算で、経営が苦しいのを隠していた。

志賀治美のほうも、周囲の人間には、金持ちの伯父が、自分にも資産を、譲ってくれるといいふらしていたらしいが、これもウソだった。

六文銭の会の思惑が、この二人に関しては、見事に外れたのである。

それどころか、金を騙し取ってやろうと思っていた、村上和雄、志賀治美のほうが、逆に、六文銭の会の二十億円の運転資金を、狙っていたのではなかったか。

それが、事実だとすれば、六文銭の会のスタッフには、それが、許せなかったのではないだろうか？

十津川の推理が当たっていれば、社団法人六文銭の会は、明らかに、詐欺グループである。

しかし、彼らにしてみれば、真田幸村の子孫や、あるいは、真田一族の関係者を、探し出して顕彰するという、立派な事業を行っている社団法人である。そうした誇りも、一方には、持っているのだろう。

だから、上田や松代などに、六文銭の会の支部を作っている。そうした自負心が、村上和雄と志賀治美に、汚されてしまった。

十津川は、こうした自分の推理を、捜査会議で明らかにすることはせず、亀井刑事を呼んで、打ち明けた。

捜査会議の席上で、いわなかったのは、本部長の三上が、政治家には弱いので、六文銭の会の理事長が、大臣経験者の、政治家というだけで、ビビッてしまう恐れが、あったからだった。

2

十津川の話を聞き終わると、亀井は、大きくうなずいて、

「私も、警部の考えに、賛成です。日本全国にいくつかあると思われる六文銭の会や、あるいは、その類似のグループは、ほとんどが、立派に、事業をやっていると思いますが、今、われわれが、相手にしている六文銭の会は、明らかに、真田一族や、真田幸村の名前を、利用した金儲け集団、もっといってしまえば、詐欺集団ですよ。名古屋の真田昭夫を自殺に追いやったのも、彼らだと思いますし、東京で、村上和雄や志賀治美を殺したのも、連中だと、私も思いますね。それから、松代のトンネルの中で死んでいた、川口健二ですが、彼を殺した犯人も、六文銭の会の人間だと思っています。彼らの下で働いていた川口健二は、多分、会のやり方に嫌気がさして、詐欺の証拠を握ろうと思って長野に行き、上田や松代などを調べていた。それが、分かってしまったので、六文銭の会の人間が、口封じに、川口健二を殺したんだと思いますね」

「カメさんのいう通りだよ。だが、肝心の証拠がない」

と、十津川が、いった。

「確かに、今のところはありません。何とかして、証拠を、見つけようじゃありませんか？」

「同感だ」

「名古屋の例の真田家に関していえば、六文銭の会が接触してきて、そうして、真田昭夫を自殺に追いやったことは、間違いないと思いますよ」

「その点については、もちろん、私もそう思う。しかし、自殺した、真田昭夫にしろ、その両親にしろ、子孫ではないのに、自分たちが真田一族の子孫だと、煽《おだ》てられて、喜んでしまった。地元の新聞にも、大きく取り上げられて、有頂天になってしまった。そうした後ろめたさがあるから、六文銭の会について不利な証言、警察にとっては、有利な証言をしてくれるということは、あまり期待は持てないんじゃないかね」

「それでは、殺された、村上和雄と志賀治美のほうは、どうですか？　私は、連中が殺しておいて、死体の上に一文銭を六枚、つまり、六文銭を置いていったのは、連中のミスだと思っているのですが」

亀井が、いった。

「確かに、あれは、連中のやりすぎなんだよ。たぶん、連中は、自分たちが立派なことをやっていると思い込んでいて、それが裏切られたので、怒りにまかせて二人を殺し、メッセージのつもりで、六文銭を置いていったんだ。確かに、連中のミスだが、殺された二人の周辺でも、村上和雄は、詐欺をしていたと思われるし、粉飾決算も、平気でやっていた。ホステスの志賀治美も、似たようなもので、資産家の伯父の財産が、自分にも入ってくるようなことを、いいふらしていたらしいからね。村上和雄の関係者も、志賀治美の伯父のほうも、われわれ警察のために、真実を話してくれるかどうか、期待が持てないね」

十津川が悲観的ないい方をした。

十津川は、ポケットから、地図を取り出し、それを広げて、机の上に置いた。

「これが、例の地図だよ。日本全国のどこに真田一族、あるいは、真田幸村と関係のあるものがあるかが、書いてある。これと同じものを、六文銭の会も、持っていると思うのだ。そして、次のカモを、探しているんじゃないのか？　私は、その瞬間に狙いをつけて、連中を、逮捕したいと思っている」

十津川が、いった。

亀井が、黙ってうなずくと、十津川は、続けて、

「私は、この地図に、関係のある県警に連絡して、何か動きがあったら知らせて欲しいと、まず、そう要請するつもりだ。名古屋の場合も、六文銭の会から川口健二のような調査員が、まず、向こうに行って真田家と、接触しているからね。今、事件が続けて、起きているが、このくらいのことで、あの六文銭の会が、動きを止めるとは思えない。彼らについて、逮捕状が、出ているわけではないからね。必ず、この地図のどこかで、動きを見せるはずだ。その時に、連中を追いつめ、逮捕してやりたい」

と、いった。

一週間後、京都府警の、森本警部から、十津川に、電話が入った。

京都府警にも、捜査の協力を要請しておいたのである。

森本警部は、電話で、いう。

「京都市の右京区に、大珠院《だいしゅいん》という塔頭《たっちゅう》があります。竜安寺の境内なんですが、そこに、真田幸村夫妻の墓が、あるんですよ。この墓は、かなり有名で、慶長二十年五月二十日に、幸村の娘おかねが、建てたものといわれていて、この墓は、なぜか、参拝を断っているのですが、ここ二日間、遠くから、この墓を、拝んでいるカップルがいるんです。男は三十代、女のほうは、五十代か六十代で、一見すると、親子のようにも見えるのですが、寺の住職に話をきくと、女性のほうが、住職に質問したそうです。これが、有名な真田幸村夫妻の墓ですかときいたそうで、男のほうは、彼女の息子ではなくて、案内役のような感じで、女に向かって、やっぱり、そうでしょう。やはり、ここには、真田幸村夫妻の墓が、ちゃんとあるんですよ。これで、納得されましたかと、話していたそうです」

「それで、その男女が、どこの人間かは、分かりますか？」

十津川が、きくと、

「その後、女性だけが、一人でやって来て、寺のノートに記帳していったそうです。それによると、その女性は、世田谷区世田谷×丁目、真田幸恵《ゆきえ》と、ノートに書いていったそうです。それから、住職に百万円の現金を渡し、幸村夫妻の墓が、少し汚れているので、このお金を使って、きれいにしてあげてください、そういって、帰っていったそうですよ」

京都府警の森本警部が、いった。

「真田幸恵というと、真田幸村の、子孫なんですかね？」

「住職も、その名前を見て、もしかすると、あなたは、真田幸村の子孫の方ですかと、本人にきいたそうです。そうしたら、その女性は、こんな返事を、したそうなんです。亡くなった父親は、ひょっとすると、ウチは、真田幸村の子孫かも知れない。だから、お前には、幸村の一字を取って、幸恵と、名前をつけた。だから、自分は、真田幸村の子孫と考えて、くれぐれも行動を慎むようにと、父親は、遺言して亡くなったそうです」

「彼女を、その墓に案内してきた男なんですが、その男は、どんな男なんですか？」

十津川は、きいた。

「これも、住職の話なんですが、その男は、住職に名刺を渡したそうで、その名刺には、社団法人六文銭の会とあって、本部は、東京の平河町になっていたそうですよ。男の名前は、その会の職員で、岩井《いわい》昭《あきら》と名乗ったそうです」

「東京平河町に本部のある、六文銭の会といったんですね？　それは、間違いありませんか？」

「ええ、間違いないと思います。住職から、その名刺を見せてもらいましたが、確かに、そう書いてありました」

森本警部は、十津川に、いった。

「とうとう、現れたよ」

十津川は、亀井をふり返って、いった。

「現れましたか」

亀井も、ニッコリした。

「とにかく、世田谷に行って、真田幸恵という女性が、どんな女性なのかを、調べてみることにしようじゃないか？」

十津川と亀井は、実際に、世田谷区世田谷の問題の女性、真田幸恵が、どんな生活をしているのかを見るために、訪ねてみた。

実際に、行ってみると、かなり家が建て込んでいて、新しいマンションなども、建っているところだった。その一角に、広い敷地を持った、日本家屋があった。

祖先は、おそらく、この辺りの豪農だったのだろう。

優に二千坪から三千坪はあるだろうと思われる、広い敷地の周りを塀が囲み、その塀の中に、二階建ての、古めかしい日本家屋が建っていた。

近くに、世田谷区役所があったので、そこで、話をきくことにした。

「あの真田さんの家は、昔は、この辺の庄屋さんだった家ですよ。幸恵さんは、確か、京都から、嫁に来たんじゃなかったですかね？　美人で、評判だったんですが、二年前に、ご主人が、急に亡くなって、今は、未亡人じゃないかな？　あの屋敷の中に、別棟があって、息子さん夫婦が、そこに住んでいるはずですよ。あの古びた母屋のほうには、今は、幸恵さんが、一人だけで住んでいるという話を、きいています」

区役所の職員が教えてくれた。

「かなり広い敷地ですね？」

と、亀井が、いうと、

「ええ、確か、三千坪はあるんじゃないですかね。あそこは、桜の木がたくさんあって、毎年、花見の時期ともなると、幸恵さんが、門を開け放して、自由に、誰でも桜観賞を、させているんですよ」

「あの辺りだと、一坪、どのくらいするんですか？」

十津川が、きいた。

「そうですね。今でも、二百万ぐらいはするんじゃないですか？」

区役所の職員が、いった。

（坪二百万で、三千坪といえば、単純計算で六十億円か）

と、十津川は、思った。

「今、そこに、真田幸恵さんと、息子さん夫婦が、住んでいる。将来、あの土地は、どうするつもりなんでしょう？」

十津川が、きいた。

「何でも、息子さん夫婦は、土地を売って、都心の青山か、六本木辺りの超高層マンションに引っ越したいと、いっているそうですが、幸恵さんは、ずっと住んでいたところだから、これからも、あそこに住んでいたいといっていると、そんな話を、きいていますがね」

「その幸恵さんですが、彼女が、真田幸村の子孫だという話を、きかれたことがありますか？」

十津川が、区役所の戸籍係の職員に、きいてみた。

「ああ、その話ですか。何だか、真田幸村のことを研究している、社団法人のようなものがあって、そこの人がやって来て、幸恵さんに話を、したらしいんですよ。あなたは、真田幸村の子孫だという話を、持ってこられて、驚いていると、幸恵さんが、いっているのをきいたことがありますよ。幸恵さんは、そんなことは、全然考えたこともなかったと、いったそうですが、今いった法人の人は、幸恵さんの実家のあるところは、京都の、竜安寺の近くで、そこには、真田幸村夫妻の墓がある。いろいろと、それを、調べていくと、あなたは、真田幸村の子孫で、だから、今度、あなたを、顕彰したい。東京の世田谷に、真田幸村の子孫が生きていた。マスコミにも発表したい。そういわれたんだそうです」

「それで、幸恵さんは、どう考えているんでしょうかね？」

亀井が、きいた。

「幸恵さんという人は、地味な人で、晴れがましいことが、あまり好きではないから、おそらく、当惑しているんじゃないですかね？　あ、そうだ、その何とかいう法人組織の人が、区役所にもやって来て、区長と話をしていたみたいですよ」

と、職員は、教えてくれた。

十津川と亀井は、世田谷区の、北沢という区長にも、会ってみた。

区長は、ニコニコ笑いながら、

「ええ、その話でしたら、きいていますよ。えーと、確か、社団法人六文銭の会というのが、平河町に、本部があるそうで、そこの方が見えたんですよ。何でも、あの真田幸恵さんという方は、実家の京都から、この世田谷区に、嫁に来た方なんですが、間違いなく、真田幸村の子孫だと、いわれましてね。是非、顕彰したい。そういわれるんです。これは区にとっても、大変名誉なことだから、是非、やってくださいと、そう申し上げたんですけどね」

「こちらに見えた人は、六文銭の会の、何という人ですか？」

十津川が、きくと、北沢区長は、

「えーと、名刺を、もらっているんです」

と、いって、机の引き出しから、一枚の名刺を取り出した。

その名刺には、岩井昭の名前がある。それは、京都竜安寺の住職が、もらったという名刺と、同じ名前だった。

「肝心の真田幸恵さんは、どういっているんですか？」

「幸恵さんは、生真面目で、晴れがましいことが苦手だから、最初は、尻込みしていたみたいですけど、だんだん、この六文銭の会の人に、説得されているみたいですよ。今も申し上げたように、悪いことじゃありませんからね。区としても、これが具体的になってきたら、積極的に、応援したいと思っているんです」

と、北沢が、いった。

「現在、あの三千坪の土地の所有者は、真田幸恵さんなわけですね？」

確認するように、十津川が、きいた。

「もちろん、そうだと思いますよ。同じ土地に、息子さん夫婦が、住んでいますけど、現在のところ、あの土地の所有者は、幸恵さんです」

「今、その幸恵さんは、あそこに、いらっしゃるんですね？」

「ええ、そうだと思いますが、確認してみましょう」

同席していた区の職員が、そういって、電話をかけてくれた。

その電話の後で、

「電話に出たのは、息子さん夫妻の奥さんのほうですが、幸恵さんは、今は、いらっしゃらないみたいです」

と、いった。

「どこへ行ったのかは、分かりませんか？」

「それも、きいてみますか？」

職員は、いい、また、電話をかけてくれたが、

「京都へ、行かれたそうです。やはり、急にいろいろなことが、あったものだから、落ち着かないのでしょうね。六文銭の会の人と一緒に、昨日から、また京都に行っているようですよ」

と、十津川に、教えてくれた。

3

十津川と亀井は、真田の表札がかかっている、その家を、訪ねてみた。

区役所の職員が、いっていたように、玄関に出てきたのは、真田幸恵の息子の、奥さんだった。年齢は、三十歳前後だろう。

十津川たちは、警察ということは名乗らずに、区役所の人間だということにして、直美という、その女性から話をきくことにした。

古びた二階建ての、母屋のそばに、プレハブの洒落《しやれ》た家が、建っていて、そこに、十津川たちは、案内された。

「お母さんの幸恵さんは、お留守のようですね？」

十津川が、きくと、直美はうなずいて、

「ここのところ、毎週のように、京都に行っているんですよ」

と、いう。

「一人で、行っているわけじゃないでしょう？」

「ええ、平河町に、本部のある六文銭の会という、真田幸村の子孫や、真田一族の子孫の方を探し出して、顕彰する仕事をしている法人の方らしいのですが、その方と一緒に行っているみたいです。何でも、調べてみたら、ウチの母が、真田幸村の子孫だと分かって、そのことを確認するために、母は、昨日から、京都に行っているんです」

直美は、ニコニコしながら、いう。

「それで、お母さんは、自分が、真田幸村の何代目かの子孫だと、信じていらっしゃるのですか？」

「最初は、信じてはいないようでした。確かに、母は、京都の生まれですけれども、自分の家は、武家の家ではない。商人の家だと教えられてきたから、突然、真田幸村の子孫だといわれても、ピンと来ない。そういっていました。でも、六文銭の会の方から話をきいたり、一緒に、京都に行っているうちにだんだんと、向こうさんの話を、信じる気持ちになってきたみたいですよ」

「それで、幸恵さんは、どうしたいと、思っているんでしょうかね？　もし、その気持ちが、分かれば、世田谷区役所としても、幸恵さんの気に入るようなやり方で、支援させていただきたいと、区長の北沢も、考えているんです」

「そのことは、北沢区長さんからも、先日、おききしました。何でも、明日、世田谷新報が、取材に来るそうで、それまでには、母は京都から、帰ってくるはずです」

と、直美は、いった。

「今、幸恵さんと一緒に、京都に行っているという六文銭の会の人には、あなたも、お会いになったんですか？」

亀井が、きくと、直美はうなずいて、

「ええ、会いました」

「その人は、どんなことをいっているんですか？」

「何でも、日本中から、真田幸村の子孫や、真田一族の子孫を見つけ出して、その人を、会として顕彰したい。とにかく、真田幸村の名前を知らない日本人は、いないから、その子孫が見つかれば、おめでたいことなので、新聞にも取り上げてもらうように働きかける。もちろん、会としても記念品もお贈りしたい。そんなことをおっしゃっていましたけど」

十津川は、テーブルの隅に、置かれている、六文銭の会のパンフレットに目をやって、

「これは、六文銭の会の方が、置いていかれたものですね？」

「ええ、そうです。最初、申し訳ありませんが、そちらの会のことは、よく知りませんと申し上げたら、そのパンフレットを出されて、これを見てくだされば、私たちの会のことが、よく分かっていただけると思いますといわれたんですよ。それを読むと、確かに、いろいろと、立派な社会活動をなさっている会のようですね」

直美が、おだやかに微笑した。

「ほかに何か、いっていませんでしたか？　例えば、自分たちは、日頃さまざまな、社会活動をしているので、その活動を助けるために、寄付をしてもらえないかとか、そんなことを、いっていませんでしたか？」

「寄付ですか？　いえ、私は、きいていません。といっても、あの会の方は、いつもは、ほとんど母としか、話をしませんから、ひょっとすると、母には、いっているかも、知れませんわ」

「確か、あなたと、ご主人は、ここを引き払って、青山や六本木などにある、超高層マンションに移りたい。そんな希望を、持たれているときいたのですが、間違いありませんか？」

十津川が、いうと、直美は、ニッコリ笑って、

「主人は、なるたけ、都心に住みたい。マンションのほうが、住みやすいんじゃないか？　そういう希望を、持っているんです。私も、主人には賛成なので、できれば、そうしたいと、思っています」

「ここは、あまり、住みやすくありませんか？」

亀井が、いうと、直美は、手を横に小さく振って、

「いいえ、そんなことは、ありませんよ。空気もいいし、これだけの庭があれば、野菜だって、栽培できますしね。それに、亡くなった父が植えておいた、庭の桜が大きく育って、毎年桜の季節には、皆さんに来ていただいて、ここで、花見をしていただくんですよ。そういうことも、結構楽しいんですけど、やはり、それよりも、六本木や青山などにある新築の超高層マンションに、住んでみたいと、思ってもいますけど、問題は、母なんです」

「幸恵さんは、マンション住まいには、反対なんですか？」

「ええ、反対ですね。どうしても、ここからは、離れたくない。母はいつも、そういっています」

「しかし、ここは、いかにも広すぎますね。これだけの庭があると、手入れだけでも、大変なんじゃありませんか？」

十津川が、いった。

「ええ、そうなんですよ。本当は、庭師の人に来てもらって、庭の手入れを、まめにやらないと、すぐに、雑草が生えてしまったりするんですけど、そんなことをすると、お金がかかりますものね。今のところ、主人の給料と、この近くに、駐車場を持っていて、その収入で暮らしているので、あまり贅沢ができなくて」

直美が、小さく、溜息をついた。

4

翌日、十津川と亀井は、もう一度、真田邸を訪ねて行くと、真田幸恵は、京都から、帰ってきていた。

そこに、世田谷新報の記者と、カメラマンが来ている。もちろん、六文銭の会の岩井昭という職員も来ていた。

十津川たちは、あくまでも、世田谷区役所の職員ということにして、世田谷新報の取材を見守ることにした。

世田谷新報は、タブロイド判の、日刊紙だが、カメラマンが、真田幸恵と、息子夫妻の三人を、盛んに写真に撮って、その合間に、記者が幸恵の話をきいている。

「こういう、おめでたい話が、ウチの新聞に載るのは、久しぶりですからね。大いに、宣伝しますけど、本当に、幸恵さんは、真田幸村の子孫で、いらっしゃるのでしょうね？」

記者が、きくと、その質問を、引き取るように、六文銭の会の岩井昭が、

「こういうことは、間違ったら、大変ですからね。ウチの職員が、京都へ何日間か行って、真田幸村夫妻の墓のある、竜安寺の住職に話をきいたり、あるいは、信州の上田に行って、

真田幸村の、研究者にも会って、話をきいているんですよ。ですから、これは、間違いありません」

「確か、幸恵さんの旧姓は、吉永《よしなが》さんでしたね？」

「ええ、吉永幸恵という、名前でした。それが、こちらに嫁いできて、真田幸恵になったんです。その時は別に、何とも思いませんでしたけど、今回、六文銭の会の方が見えて、あなたが、真田幸村の子孫だといわれてからは、結婚して、真田姓になったことが、何だか、偶然とは思えないような、そんな、気がしてきているんです」

幸恵が、いい、岩井昭は、身体を乗り出して、

「確かに、これは、偶然なんですが、今から考えると、単なる偶然とは思えませんね。もちろん、こちらの真田家は、われわれが、調べたところでは、真田一族とは、関係がありませんけども、真田という名前は、それほど多くは、ありませんからね。京都で生まれた真田幸村の子孫の女性が、嫁いだ先が、たまたま真田という苗字だった。これは、奇跡に近いんじゃありませんか？」

と、いった。

世田谷新報の記者は、幸恵へのインタビューを終わると、今度は、十津川のほうを向いて、

「世田谷区役所のほうでは、今度の、このおめでたい話を、どのように、考えているのですか？」

と、きいた。

「ウチの北沢区長は、大いに、歓迎していますよ。とにかく、記者さんも、いったように、おめでたい話ですからね。それに、日本人で真田幸村の名前を、知らない人はいないんだから、世田谷区としても、自慢できる話だということで、北沢区長は、とても喜んでいるんです」

「六文銭の会として、これから、どんなことをするつもりですか？」

記者が、岩井を見て、いった。

「そうですね。ウチとしても、いろいろと、調べた末に、やっと、真田幸村の子孫の方が生きていらっしゃることが、分かったので、大いに、このことを、宣伝したいと思っているんですよ。もちろん、ウチとしては、顕彰式を、やりますし、記念品も差し上げたい。こうして、世田谷新報も、取り上げてくださるようだし、世田谷区の北沢区長さんも、賛成してくださっている。だから、これは、盛りあがりますよ。もちろん、ウチの理事長がこちらに来て、顕彰式に出席しますけど、是非、北沢区長さんにも、出席していただきたいですね。区役所にお帰りになったら、その旨を、区長さんに、お伝えしていただけませんか？」

岩井は、十津川に、いった。

「その顕彰式は、いつ頃、やる予定ですか？」

十津川は、岩井に、きいた。

「そうですね。次の日曜日に、やりたいと思っているのですが」

と、岩井が、いった。

5

翌日、世田谷新報には、大きく、このことが掲載された。

見出しが「東京の世田谷にいた、真田幸村、十六代目子孫」とあり、真田幸恵の顔写真が、大きく載っている。

そして、六文銭の会の理事長の談話も、載っていた。

「京都の竜安寺の大珠院には、真田幸村夫妻の墓があります。慶長年間に建てられた、墓で、このことを知っている人は、少ないといわれています。このことは、真田幸村の子孫が、京都に、生きていらっしゃるのではないかということを、予感させるもので、ウチの職員が、京都に行って、真田幸村の子孫がどこにいるのかを、尋ねて歩きました。その結果、私たちの推理が的中して、真田幸村の子孫の方が、この竜安寺の近くに、住んでいらっしゃったことが、分かりました。そして、その子孫の方は、現在、世田谷区世田谷に住んでおられた。その方が、世田谷の豪農の家に嫁がれて、現在も、健在なのです。しかも、驚いたことに、その方は、吉永幸恵さんと、おっしゃるのですが、嫁いだ先は、何と、真田という苗字の、家なのですよ。それを知った時、これは、奇跡だと思いましたね。おそらく、真田幸村の霊が、こうした、偶然の結婚に導いたのではないかと、そんなことを、私たちは、考えています。私たちの会の目的は、日本のどこかに、住んでいらっしゃる真田幸村の子孫の方を、探し出して、それを顕彰することですから、ようやく、見つけ出した、真田幸村の子孫の真田幸恵さんを、大きく、顕彰したいと、考えています」

それが、六文銭の会の理事長の談話で、その隣には、北沢世田谷区長の、歓迎の談話も載っていた。

「私自身、昔から、真田幸村の大ファンで、自分の区の中に、真田幸村の子孫の方が、健在でいらっしゃるという話をきいて、驚きました。これは、本当に、世田谷区の誇りだと、思っております」

これが、区長の談話だった。

六文銭の会が作った記念品も、世田谷新報には、載っていた。

翌日、世田谷区民会館を、借り切って、盛大に、顕彰式が、開かれた。

テレビも、取材に来たし、大新聞の記者も、来ていた。

その盛大な会を見に、十津川と亀井も、出かけていったが、

「問題は、これからですね」

亀井が、十津川に、いった。

「そうだ。これからだ。たぶん、六文銭の会は、あの三千坪の土地を、狙っているのだろうが、これからどうなるのか、それが見ものだし、うまく行けば、彼らを、殺人容疑で逮捕できるかも知れない」

十津川が、期待をこめて、いった。

その後一週間、何事も、起きなかった。少なくとも、問題の真田幸恵が、六文銭の会から何かを、されるということは、ないままに、過ぎた。

しかし、十津川には、六文銭の会が、このまま黙っているとは、到底、思えなかった。

何かするに違いない。あるいは、見えないところで、すでに、何かを、画策しているのではないかと、十津川は、考えていた。

八日目に、その危惧が、的中した。

真田幸恵が、三千坪の土地を、売りに出したという知らせを、受けたのである。

そこで、十津川は、亀井と二人、世田谷区世田谷にある、不動産会社を訪ねた。

その不動産会社が、真田幸恵からの依頼を受けて、あの三千坪の土地を、扱うことになったと、きいたからである。

「われわれ警察が、ここに来たことは、絶対に、秘密にしておいていただきたい」

十津川は、そう断っておいてから、話をきいた。

「突然、あの三千坪の土地の、所有者の真田幸恵さんから、私どもの会社に、話があったんですよ」

不動産会社の社長が、いった。

「正確にいうと、どういう話なんですか？」

「とにかく、今月いっぱいに、あの土地を、処分したい。そうおっしゃるのですよ。話をきくと、もし、売れたら、息子夫婦に五億円を渡したい。前々から、息子夫妻は、都心の、超高層マンションに住みたいといっているので、五億円あれば、その超高層マンションの、いちばんいい部屋を、買えるのではないかと、幸恵さんは、そうおっしゃっていましてね。この話には、息子さん夫妻も、同意されたようですよ」

「あの三千坪の土地が売れれば、五億円どころの収入では、ないでしょう？」

十津川が、きいた。

不動産会社の社長は、うなずいて、

「あの辺は、駅にも近いし、大手の不動産会社や、マンションの建設業者が狙っているところですからね。ウチとしては、百億くらいの値段で、売ろうと、思っています」

と、いった。

単純計算すれば、五億円を、除いても、九十五億円は、残る。その九十五億円を、幸恵は、どうするつもりなのだろうか？

それに、六文銭の会は、あの土地の売買を、どう、見ているのだろうか？

あるいは、真田幸恵に、あの土地を、売ることを勧めたのは、六文銭の会かも知れないのである。

そこで十津川は、そのことをきいてみたが、不動産会社の社長は、

「真田幸恵さんは、そういう話は、全然なさらないのですよ。誰に、いわれたわけではなく、あくまでも、自分自身の意志で、あの土地を売ることにしたと、それしかおっしゃい

ませんから」

と、十津川に、いった。

「真田幸恵さん本人が、自分の一存で、あの土地を、売りに出したとは、私は、考えませんよ」

亀井が、十津川に、いった。

「たぶん、いや、間違いなく、この土地の売買には、あの六文銭の会が関係しているに違いありません」

「私も同感だ」

と、十津川は、いった。

第七章　幻想から現実へ

1

その日、世田谷区世田谷の区民会館で、社団法人六文銭の会が主催して、真田幸恵に対する顕彰会が、開かれた。

この催しには、六文銭の会から理事長も出席し、北沢世田谷区長も、参加するというので、十津川と亀井も出かけていった。

会場には、地元のテレビや新聞記者も、来ていた。

正装して出席していた六文銭の会の理事長が、最初に祝辞を述べた。

「今日は、われわれ六文銭の会にとっても、ひじょうに、嬉しい日であります。われわれは会の名前の通り、真田一族、特に、真田幸村という英雄を尊敬する者たちの、集まりでありまして、その真田幸村の子孫が、日本全国のどこかに生きていらっしゃるはずだと、考えています。何しろ、真田幸村は、ひじょうに、家族の多い人でしたから、幸村の子孫と、自分でも分からずに、今でも静かに、生きておられるはずなのです。そうした子孫を見つけ出して、この人こそ、真田幸村の子孫であると発表し、顕彰するのが、われわれ六文銭の会の役目であります。ウチの職員が、日本中に散らばって、探し歩いている時、この世田谷区世田谷で、自分が、真田幸村の十六代目の子孫であることを知らずに、今日まで、生きていらっしゃった方がいた。この方を、見つけ出すことができたのは、われわれにとっても、ひじょうに、幸運でありました。六文銭の会は、その幸運な真田幸恵さんを、真田幸村十六代目の子孫として、認定いたします」

次には、世田谷区長の北沢が、お祝いの言葉を述べた。

「私は歴史が、大好きでありまして、特に、関ヶ原の戦いから、大坂冬の陣、夏の陣にかけての、真田幸村の大活躍を、いつも読んでは楽しんでおりました。私が区長をしている、世田谷区の区民の中に、まさか、その真田幸村の子孫がおられようとは、思ってもいませんでした。先日、突然そのことを知らされて、大喜びしているところです。世田谷区長としても、世田谷区の中に、そうした、偉人の子孫が住んでいらっしゃったことをきいて、感激しております。区としては、できれば世田谷名誉区民賞を、真田幸恵さんに、差し上げたいと思っているところであります」

最後に、司会者が、真田幸恵を、集まった人たちに紹介した。

幸恵は、自分を顕彰してくれた、六文銭の会の理事長に、お礼の言葉をいいたいといって、立ち上がった。

大きな拍手が起こる。

「記念品を贈っていただき、これほど嬉しいことはございません。そこで、私個人といたしまして、三千坪の土地を売却し、その中から、まず五億円を、都心のマンションに住みたいといっている、息子夫婦に贈るつもりです。次には、同じく五億円を、世田谷区に寄付しますので、できれば真田幸村の記念館か、あるいは、顕彰碑といったものを作っていただきたいと思っております。最後に、私が、真田幸村十六代目の子孫であることをはっきりさせてくださった六文銭の会にも、お礼をしたいと思います。それで、心ばかりの額を六文銭の会に、お贈りしたいと思っております」

と、幸恵は、いった。

真田幸恵の口から、三千坪の土地の売却の話が明らかにされ、まず五億円が、息子夫婦に贈られる。

次に、同じく五億円が、真田幸村の記念館などを作って欲しいということで、世田谷区に寄付される。

十津川が見ていると、そこまでは、六文銭の会の理事長は、嬉しそうに、幸恵の話をきいていた。

ところが、最後に、六文銭の会には心ばかりの寄付をするという真田幸恵の言葉をきいた途端に、理事長は、ジロリと、幸恵の顔を睨むように見た。心ばかりというその額が、五百万ということを十津川は聞いている。もちろん、六文銭の会も知っている筈である。

六文銭の会の理事長は、明らかに、もっと高額の寄付をするという発言を、期待していたに違いなかった。何しろ、都心の三千坪の土地を、今、売ってしまうというのである。坪二百万円としても、三千坪なら六十億円という、とんでもない金額になる。

自分の息子夫婦と世田谷区に、それぞれ五億円を贈るといいながら、真田幸恵が、心ばかりの五百万円を、六文銭の会に寄付するということで、その額の少なさに、理事長は愕《がく》然《ぜん》としたのだろう。

それで、顔色が変わってしまったのだ。

しかし、真田幸恵のほうは、そんな理事長の表情など、気にすることもなく、お礼をいい終わると、サッサと、自分の席に戻ってしまった。

亀井も、驚いた顔で、十津川を見た。

「金額は、はっきりいわなかったが、心ばかりの五百万円ということでしょう。どうして、そんなに少ないんですかね？　真田幸恵は、三千坪の土地を売って、六十億以上の利益を、得るというじゃありませんか？　そのうちの五億円ずつを、世田谷区に寄付したり、自分の息子夫婦に贈るといっておきながら、六文銭の会には五百万円の寄付というのは、あまりに差がありすぎますよ」

「確かに、そうだね」

「理事長の顔を見ましたか？」

「ああ、見たよ。あんな表情の顔は、見たことがないね。おそらくあの理事長は、今回の顕彰で、少なくとも十億円か、二十億円の寄付を、期待していたんじゃないのかね？」

「私もそう思います。しかし、真田幸恵にしてみれば、そんな高額の寄付をしたら、かえっていろいろと勘ぐられると思ったんじゃないでしょうか？　遠慮がちに、お祝いの言葉をきいているようでしたから。これから、六文銭の会の理事長は、どうするつもりですかね？」

「カメさんのいう通り、六文銭の会の理事長は、もっと多額の寄付を期待していたんだ。だから、まさか本当に五百万円だけとはと、あの落胆の顔の表情になった。信じられないという顔をしていたよ。だからといって、今日は、お祝いの会で、これからパーティが行われるというからね。そんな席で、寄付の金額が不満だなどと、理事長が、真田幸恵にいえるはずはない。そんなことをすれば、一気に、六文銭の会の信用はなくなってしまう。だから、この顕彰会と、それに続くパーティの間は、六文銭の会の理事長は、黙っているより仕方がないだろう」

「そうですね。今日は、何もいわないでしょう。理事長は、腹の中が、煮えくり返っているんでしょうが、表面上は、真田家に対してお礼をいい、真田幸村の子孫ということで、新聞記者たちに対しても、いろいろとお世辞を、並べるんじゃありませんかね？」

「そうだろう。おそらく今日は、このまま、理事長は平河町の本部に帰る。帰ってから、じわじわと、真田幸恵を痛めつけるんじゃないかと、思っている」

「痛めつけるというのは、どんなふうにしてやるのでしょうか？」

「それは、今まで、やって来たことさ。その典型が、名古屋の真田家に対してやったことだ。あれと同じことを、真田幸恵に対してもやるだろうと、私は考えている」

2

理事長は、不満をかくして、その後も、真田幸恵のことを、大々的に宣伝していった。

例えば、六文銭の会が作成して、全国で配っているパンフレットの特別号を作り、そこには、大きく、真田幸恵の顔写真を載せたりする。

また、信州上田や松代、上州沼田などに置かれている、六文銭の会の支部の事務所には、壁に真田幸恵の大きな顔写真が貼られて、そこには、平成の大発見と、仰々しく、大きな文字が書き込まれた。

真田幸恵から、多額の寄付を受けた世田谷区の北沢区長は、真田幸恵を、名誉区民として表彰することにした。

六文銭の会は、それにも相乗りして、そのことを特集したパンフレットを作り、全国に配布した。

そのほか、真田幸恵、旧姓、吉永幸恵が生まれた京都の、竜安寺に、旧姓吉永幸恵と六文銭の会の連名で、二百万円を、寄付した。

そうした六文銭の会の行動は、地元紙の世田谷新報に逐一、掲載された。

「六文銭の会は、一生懸命に、何かをやっていますね」

亀井が、十津川に、いった。

「その通りだ。六文銭の会は、狂ったように、今、真田幸恵を真田幸村の十六代目の子孫として、売り込んでいる」

「しかし、真田幸恵は、たったの五百万円しか、六文銭の会に、寄付していませんよ。それなのに、これだけ大々的に扱ったら、六文銭の会としては、持ち出しになってしまうんじゃありませんか？」

「もちろん、そうなるが、それが、六文銭の会の狙いなんだ」

十津川が、いった。

「それが、狙いだということは、損をしても、構わないということですか？」

亀井が、まともに質問した。

十津川は、笑って、

「おそらく、名古屋でやったのと同じことを、六文銭の会は、やろうとしているんだよ」

「あの事件は、まだ、不明なところが多すぎますよ。いちばん分からないのが、一人息子で司法試験にも受かったばかりの真田昭夫が、自殺してしまったことです。未だに、真相が分からないんじゃありませんか？」

亀井が、いった。

「確かに、六文銭の会は、何もいわないし、自殺した真田昭夫の両親も、何もいわない。だから、真相は不明だが、私は、こんなふうに、考えているんだ」

と、十津川が、いった。

「名古屋の真田一家だが、あれが、真田家の子孫でないことは、松代の真田宝物館の人たちが証言している。六文銭の会だって、そのことを、知っていたはずなのに、それを無視して、あの一家を大々的に、顕彰したんだ」

「どうして、六文銭の会は、そんな間違ったことを、したんでしょうか？」

「それこそが六文銭の会の手口なんだと、私は思っている。とにかく、強引に名古屋の真田一家を、真田幸村の子孫に、仕立て上げて顕彰し、新聞にも取り上げさせて、大々的に宣伝した。真田家のほうだって、自分の祖先が、ひょっとしたら、真田家と繋がっているのではないか？　そんなふうに考えて、喜んで六文銭の会の顕彰に、応じてしまった。新聞にも載って、いちやく有名人になってしまったからね。そうしておいてから、六文銭の会は、おもむろに、あの家を、強請《ゆす》ったんだ。たぶん、こんなふうに、いったんじゃないかと思う。こちらで、調べ直したところ、あなたがたは、真田幸村とも、真田家とも、何の関係もないことが、判明しました。おかげで、社団法人六文銭の会は、信用を落とすし、大きな損害を、被ってしまいました。このままでは仕方がないので、天下に公表することにする。それも、真田さんのほうから、自分たちは、真田幸村の子孫だという話を持ち込まれたので、うっかり、それを信用してしまった。騙されたということを、全て公表するといって、脅したんじゃないだろうか？　あの家は、古い家柄で、自尊心の塊のような家族だからね。真田幸村の子孫だということで、大々的にニュースになり、喜んでいたところに、今度は、ウソつきみたいに書かれては、大変なことになってしまう。それでやむなく、六文銭の会の脅しに屈したんだと思う。ニセの真田幸村の子孫であることを、公表しない代わりに、多額の寄付を六文銭の会にする。たぶん、そういう条件で、穏便に済ましてもらう道を、選んだのではないかな？　ただ、そのことに、どうしても納得できなかった、若い真田昭夫が、正義感から自殺してしまった。私は、そんなカラクリじゃないかと、思っているんだ。その六文銭の会が、今回、真田幸恵を顕彰した。おそらく、同じ手口を、使うつもりだと、私は思っている。松代の宝物館に行って、真田幸恵、旧姓、吉永幸恵について、調べてもらった。そうしたら、真田幸恵は、真田家とも、真田幸村とも、何の関係もないらしい。それを六文銭の会は、知っていて、今度のお祭りというか、イベントを仕掛けたんだよ。とにかく、六文銭の会は、全力を挙げて、真田幸恵が、真田幸村の十六代目の子孫だと宣伝しまくった。そうしておいてから、次に、六文銭の会の本性が明らかになってくると、私は思っている」

「それはつまり、真田幸恵に対する脅迫が、始まるということですか？」

「ほかには、考えられないね。あの三千坪の土地を売ったことによって、おそらく六十億円以上の大金が、真田幸恵のところに、転がり込んでいる。五億円を息子夫妻に渡し、さらに五億円を世田谷区に寄付したとしても、まだ、何十億円という金を、真田幸恵は持っているはずだ。彼女は、その中から、五百万円を六文銭の会に寄付したが、そんなはした金は、六文銭の会にとって、目じゃないんだよ。狙いは、何十億円という大金のほうなんだ」

「すると、これから、六文銭の会は一転して、真田幸村の子孫ということは、全くのウソだった。それによって、会の信用がなくなってしまった。こうなれば、全てを発表して社会に謝罪するより仕方がない。こんなふうに、話を持っていくというわけですか？」

「そうするんだろうと思う。真田幸恵や、彼女の息子夫妻は、世の中から、批判されるだろうし、名誉区民にしてしまった北沢世田谷区長だって、世の批判を受けることになる」

「警部がいわれることは、よく分かります。連中は、おそらく、今、警部がいわれた通りの行動を起こすと思います。しかし、それらをこちらがチェックして、連中の企みを、阻止できたとしても、せいぜい、詐欺罪ぐらいにしかならないのではありませんか？　私としては、連中を殺人罪で、逮捕したいんですが、それは、無理でしょうか？」

亀井が、不満を口にした。

「私も、君の考えに賛成だ。六文銭の会の目的は、金儲けだろう。しかし、その過程で、すでに三人の人間を殺し、一人を自殺に追いやっている。それを考えれば、彼らの詐欺商法を摘発しても、満足は得られない。実は、カメさんには黙っていたんだが、あることを手配しておいたんだよ」

十津川が、いった。

「あることって、どんなことですか？」

「これから、私と一緒に、信州の上田に行ってもらいたい」

「信州の上田というと、確か、上田の近くの松代で、六文銭の会の川口健二が、殺されていましたね？」

「ああ、その通りだ。六文銭の会は、職員が六十人もいる。そのほか、ボランティアを常時百人から二百人使っているというが、それは、六文銭の会にとって、強みであると同時に、弱みでもある。六文銭の会のような、詐欺商法をやっていれば、そのうちに、職員やボランティアなど、内部の人間の中から、それに、反対する声が、当然出てくる。松代で殺された川口は、その中の一人だと、私は思っている。多分、彼は、六文銭の会のやり方に疑問を持ち、独自に、何かを調べていて殺されたんだと、私は思っているし、川口のほかにも、六文銭の会のやり方は、詐欺と同じだと、思っている人がいるはずなんだ。それで、私は、ある人間について、向こうの県警の森山警部に、当たってもらっていたんだよ」

「それは、誰なんですか？」

「カメさんも、私と一緒に、上田に行った時、会ったじゃないか？　向こうで、支部長をやっていた田中という職員だよ。フルネームは、田中富士夫だ」

「田中富士夫というと、確か、五十年配の男でしたね？」

「ああ、そうだ」

「あの時の、彼の様子では、真田一族、あるいは真田幸村のことを、パンフレットにして、人々に宣伝することに、すごい使命感を持っているように、見えましたが？」

「そうだよ。彼は、それに、生き甲斐を感じていて、一生懸命だった。その田中は、上田、松代、それから沼田の三つの支部の支部長をやっていた。その中の一つ松代で、自分と同じ六文銭の会の職員、川口健二が殺されたんだからね。そのことに、ショックを受けているだろう。そう思ったから、私は、県警の森山警部に、田中富士夫について調べ、現在、彼がどんな心境でいるのか当たってみてくれと、頼んでおいたんだ。今朝、森山警部から、電話があってね。問題の田中富士夫という支部長は、かなり動揺している。今日中にも、こちらに来て、直接、田中支部長に会ってみてくれと、いわれた。それで、私は、これから上田に行こうと思う。カメさんも、一緒に来てくれ」

と、十津川は、いい、二人はただちに長野新幹線で、上田に向かった。

その車中で、十津川は、こういった。

「早く手を打たないと、田中という支部長も、川口と同じように、殺されてしまう恐れがある」

3

上田駅には、県警の森山警部が、迎えに来てくれていた。

「田中富士夫の様子は、どうですか？」

十津川が、きくと、森山は、

「電話でお知らせしましたが、相当、動揺しているようです。彼は、三つの支部の支部長を、任されているくらいですから、六文銭の会の中でも、地位は、かなり上の人間だと思うのです。当然十津川警部が、いわれるように、会の内情についても、いろいろと知っているのでは、ないでしょうか？　それが、松代で、同じ職員の川口健二が殺されてしまった。そのことで、田中はかなり悩んでいたようで、それに対して、少しプレッシャーを、かけてみましたが、相当、応《こた》えているようです。逃げたり、あるいは、川口のように、口封じのために、殺されたりしてはいけないので、今、県警の刑事が、上田の支部に、張り込んでいますから、安全は確保してあります」

森山が、いった。

十津川たちは、六文銭の会の上田支部に着くと、すぐ、支部長の田中富士夫に会った。

森山警部が、いっていたように、田中の表情は暗い。

前に会った時は、使命感に燃え、元気そのものだった。あの後、松代で川口健二が、殺されている。

「今は、何も、話したくありません」

という田中に向かって、十津川が、

「同じ六文銭の会の、川口健二さんが、松代のトンネルの中で、殺されていたのは、当然、ご存じですよね？」

田中が、黙ってうなずく。

「松代で殺された、川口健二さんですが、殺される前日、誰かに、会っているんですよ。会って話をきいて、満足していたと、思われるフシがある。信州に来て、川口さんが、誰かに会って、その時、六文銭の会の実態をきいたと思えるのですが、その相手といえば、田中さん、あなたしかいないのですよ。信州などで三つの支部を、任されている田中さん、あなたですよ。会の中では、川口健二さんよりも、あなたのほうが、地位が上なのじゃありませんか？　理事長などからの信頼も、あなたのほうがあったに違いない。だからこそ、真田幸村に縁の深い土地、上田をはじめとして、三ヵ所の支部長になったんです。そうでしょう？　川口健二さんが、殺された前日、会ったのは、あなたじゃありませんか？」

「私は、川口さんには、会っていませんよ」

下を向いたままで、田中が、いった。

「本当に会っていませんか？　もし、ウソをついていると、あなたは、殺人の共犯者になってしまいますよ。それでもいいのですか？」

十津川が、いうと、田中は、黙ってしまった。

そばにいた、県警の森山警部が、田中に向かって、

「ウチの刑事が、あなたのことを、いろいろと調べてみたんですよ。事件の前日、あなたが、上田の、有名なそば店『刀』で、三十代くらいの男性と一緒に、そばを食べていたということが分かりました。証言してくれたのは、そば店の店員でしてね。彼は、真田幸村が好きなので、時々、あなたが勤めている六文銭の会の、支部にも行っていた。だから、あなたの顔を、よく覚えていましてね。それで教えてくれたんですが、今もいったように、川口健二が、殺される前日、あなたが、その川口健二と思われる男と、そばを食べながら話をしていた、それが分かったんです。この際、ウソをつかずに、本当のことを話してく

れませんかね？　このままでいると、今、十津川警部がいったように、あなたは、殺人の共犯者になってしまいますよ」

この森山警部の言葉で、やっと田中は、顔を上げて、

「申し訳ありません。確かに、殺される前日、川口さんが、上田の支部を訪ねてきたので、そば屋で、一緒に食事をしました」

「その時、どんな話が、あったんですか？」

十津川が、すかさずきく。

「川口さんが、私に、こんなことをいうんですよ。自分は、六文銭の会が、社会のためになることをやっているので、それに賛成して、職員になった。しかし、最近になって、それが信じられなくなってきた。例えば、名古屋に真田という家族がいて、その家族を、最初、真田幸村の子孫ということで、顕彰した。その時は、自分も、本部からの指示があって、名古屋に行って、真田一家のことを調べたりした。しかし、どう考えても、真田幸村の子孫とは、考えられなかった。それで、その旨を、本部に報告したのだが、いつの間にか、会は、この真田一家が、真田幸村の子孫だと認定してしまい、新聞もそれを、書き立ててしまった。そのあたりから、会のやり方がどうもおかしいと、思い始めた。その後、あの家族の、一人息子が自殺してしまったりした。それで、上役に疑問をぶつけたのだが、

さっぱり要領を得ない。そのうちに、名古屋の真田家から二億円という大金が、六文銭の会に、寄付されていることが、分かった。一人息子が自殺しているのに、どうして、二億円もの大金を、あの一家は、ウチの会に寄付したのだろうか？　それを考えているうちに、ひょっとすると、これは、脅迫ではないのか？　あの一家が、真田幸村の子孫でないことを知っていながら顕彰しておいて、その後で、脅迫したのではないか？　その結果が、一人息子の自殺であり、二億円という大金の、寄付になったのではないのか？　ひょっとすると、自分が、その片棒を、担いだのかも知れないと思うと、何とかして、真相を知りたくなった。支部長の田中さんなら、何かを、知っているのではないか？　ぜひ、その真相を教えて欲しい。川口さんは、そういうんですよ」

「それに対して、あなたは、どう答えたんですか？」

「私も、最近になって、少しばかり、六文銭の会に疑問を持っている。特に、以前、村上和雄という男性と、志賀治美という女性が、殺される前、私は東京の本部にいた。その時、この二人のことで、本部が、かなり殺気立っていて、理事長が、理事たちを怒鳴りつけているのを、何度も目撃したことがある。理事長は、何をやっているんだ。こっちが、相手に騙されてどうするんだ。そういうヤツは、許しておけないから、何とかして始末しろ。そういっていたのを、私は覚えているんです。そのことを、川口さんに話をしました。そうしたら、川口さんは、今の話をきいて自信が持てた。これから、六文銭の会について、内部告発をするつもりだと、そういうんですよ。それは、危険だから、考え直したほうがいいと、私は、いったんですが」

「ひょっとすると、あなたは、川口さんのことを、東京の本部に電話して話したんじゃないんですか？」

十津川が、田中を、まっすぐに見つめた。

「ええ、東京の本部に、連絡しました。しかし、あの川口さんが殺されるとは、思ってもみませんでした。六文銭の会の、やり方について、疑問を持っている人がいる。何とかして、彼の疑いを晴らすように説得してくれませんか？　そうお願いしたんですよ」

「それで？」

亀井が、きいた。

「そうしたら、その日のうちに、本部から職員が一人、やって来ました」

「その人の名前、分かりますか？」

「確か、岩井昭さんでした」

「その岩井昭さんと、あなたは、どんな内容の話をしたんですか？」

「いや、ほとんど話はしていません。岩井さんは、こういいました。川口さんが、六文銭の会のやり方について、疑問を持っているのは分かった。何とか話し合いで、分かってもらえるようにするから、川口さんが今どこにいるのか、どこのホテルに泊まっているのか教えて欲しい。そういわれたんですよ。それで、私は、川口さんが、泊まっているホテルを教えました。それだけです」

「そうしたら、翌日、川口健二さんが、松代の地下トンネルの中で、殺されているのを、知ったんですね？」

「ええ、そうです」

「その後、岩井昭さんには、会いましたか？」

「いいえ、会っていません」

「東京の本部からは、事件について、何か連絡がありましたか？」

「電話がありました。職員の川口健二の死亡は、ひじょうに残念である。しかし、あなたは、これに動揺することなく、信州の上田、松代と群馬の沼田支部長として、これからも六文銭の会のために、活動して欲しい。そういう電話でした」

「その後、東京の本部からは、今いったこと以外に、何の連絡も、ないわけですか？」

十津川が、きくと、田中は少し考えてから、

「そういえば、ファックスが、一枚だけ来ました」

と、いい、そのファックスを、十津川に見せてくれた。

理事長の名前で、出されているファックスだった。

〈最近、わが六文銭の会に対して、妬みや中傷、あるいは、無理解による批判の言葉などが、周囲から寄せられている。

しかし、社団法人六文銭の会は、営利を目的とした団体ではなく、あくまでも、日本の歴史的な事実、真田一族や、あるいは、真田幸村という素晴らしい英雄の功績を、現在にも、留めようとして、活動している団体である。

会の目的は、そのほか、真田一族や、あるいは、真田幸村の子孫が、日本のどこかにいて、埋もれた存在になっていたら、ぜひそれを顕彰し、日本の歴史の、新たな一ページに加えること。

これが、わが六文銭の会に、与えられた、使命である。

したがって、何の根拠もない、デマや噂が飛び交うかも知れないが、職員諸君は、それに惑わされることなく、自信を持って、対処し、これからの、六文銭の会の発展に尽くして頂きたい〉

その後に手書きの文字で、次の言葉が書き加えられていた。

〈田中富士夫氏へ。

せっかく、信州と群馬の支部のことで、努力をしておられるのに、川口健二氏が不慮の死に遭って、動揺されていることと思う。

しかし、この事件は、六文銭の会とは、何の関係もない。

それから、あなたに、三つの支部の支部長をやってもらっているのは、少しばかり、大変だと思うので、松代支部のほうには、本部から竹内君を、支部長として派遣することにした。

したがって、あなたは、信州上田と、沼田の二つの支部長を、今まで通り、やってくだされぱいい〉

「この竹内という職員は、どういう人間ですか？」

「確か、最近、アルバイトの中から推薦されて、正職員になった人です。まだ若くて、最近、正職員になったばかりだから、張り切っていると、思いますよ」

「つまり、理事長の覚えが、めでたいということでしょうね？　アルバイトから、いきなり正職員に、抜擢されたんだから」

「ええ、そう思います」

「この人事は、明らかに、田中さん、あなたの監視を、目的としたものですよ。川口健二さんが、内部告発をしようとした。その件について、あなたが本部に問い合わせを、したりしたから、結果的にあなたもマークされることになったんですよ。だから、あなたの監視役として、理事長の覚えがめでたい竹内という男が、松代の支部長として、やって来るんです。あなたの監視役ですよ。それ以外には、考えられないですね」

十津川が、きっぱりと、いった。

田中は、急に、怯《おび》えた表情になって、

「それは、私も、川口さんのように、殺されるかも、知れないということでしょうか？」

「いや、簡単には、そんなことにはならないと思います。今、六文銭の会は、東京で、億単位の大金を、騙し取ろうとしているところですからね。そんな時に、殺人事件などは、起こしたくないでしょう。六文銭の会の、信用がなくなりますからね。だから、東京の一件が片付かない限り、田中さんは、まず安全です。ただ、用心だけはしたほうがいい」

と、十津川は、いった。

「でも、私は、川口さんと、いろいろと話をしたし、本部にも、少しばかり、強く意見をいってしまいましたが」

「今、私に話してくれたことは、本当ですね？」

十津川は、念を押した。

「ええ、本当です。ウソは、何一ついっていません」

「それをきいて、安心しました。とにかく、あなたのことは、県警の森山警部に頼んで、おきますから、大丈夫ですよ。安心してください」

十津川は、励ますように、田中に、いった。

4

十津川と亀井が、東京に戻ると、西本刑事が、

「今、世田谷の真田幸恵さんの息子の、真田猛《たけし》さんから、電話がありました。明日の午後、六文銭の会の理事長が、職員を連れて、真田さんの自宅に、来るといっているそうです。それが何となく心配なので、息子さんが、電話してきたんです。もう顕彰会は終わったし、寄付もした。それなのにどうして、また、理事長が職員を連れて、やって来るのかが、分からなくてと、いっています」

「いよいよ、本番かも知れないな。連中は、真田幸恵さんを脅して、億単位の金を、巻き上げる気だ」

「どうします？」

「何とかして、脅しの証拠をつかみたい」

十津川が、いった。

そこで、十津川は、亀井を連れて、世田谷の真田幸恵の所に行き、真田猛を呼びだした。

「あなたは、捜査本部に、電話をされたそうですね？　何でも、明日、六文銭の会の理事長が、職員を連れて、訪ねてくるそうですね？」

十津川が、きくと、真田猛は、うなずいて、

「そうなんですよ。母は、何の疑いも持っていないようですが、私には、どうも不審な気がしましてね。そうでしょう？　もう顕彰会も終わったし、世田谷の名誉区民にもしていただいた。それなのに、なぜ、六文銭の会の理事長さんが、わざわざ訪ねてくるのか？　その真意が分からなくて、心配しているんです」

「明日の午後と、いわれましたね？」

「ええ、午後一時から二時の間にうかがう。そういう話でした」

「その時間に、あなたは？」

「僕は、サラリーマンですから、その時間にはいけません。家にいるのは、母と、時々、母の面倒をみる私の嫁だけです。それで、なおさら心配になっていましてね。まさか、変なことはしないと思いますが、何しろ、土地を売ったお金が、ありますから」

「分かりました。われわれが、何とかしますよ」

「ぜひ、お願いします。それで、警部さんに、正直なところを、おききしたいのですが、あの六文銭の会の目的は、いったい何なのでしょうか？　母を、真田幸村十六代目の子孫ということで、顕彰してくれましたけどね、そういうことをする、組織なんですか？」

「そうです。社団法人だし、表向きは、真田幸村、あるいは、真田一族のことを顕彰するのが目的の会です。しかし、実態は少し違っていましてね、明日、理事長が来るというのは、あなたのお母さんを、脅すつもりなのかも知れません」

「どうして母が、脅されるんです？」

「正直にいいますとね、真田幸村十六代目の子孫じゃないんですよ」

「でも、信用のできる、六文銭の会という社団法人が、きちんと調査した上で、母のことを、真田幸村の子孫だと認めて、顕彰してくれたんじゃないんですか？」

「あの会は、お母さんが、真田幸村の子孫ではないのを知っていて、顕彰したんです。大さわぎにしておいてから、実は違っていた。だから、それを公にしなくてはならない。新聞社にも、あの発表が間違っていたことを、もう一度、記事にしてもらわなければならないし、世田谷区の名誉区民にしてもらったことも、白紙に戻してもらわなければならない。そういって、脅すんですよ。真田幸恵さんにとっては、不名誉なことだし、批判されますからね。前にも、同じようなことがあって、真実を公にしない代わりに、大金を、六文銭の会に寄付させられた人がいるんです。それと同じことをもくろんで、明日、理事長が、職員を連れてくるんだと思いますよ」

「もし、そんなことになったら、母はガッカリして、病気になってしまうかも知れませんよ。何しろ、真田幸村が好きで、その幸村の子孫だったということで、大喜びしているんですから」

「これからのことは、すべて、われわれに任せてください」

と、十津川が、いった。

5

翌日の午後一時、六文銭の会の理事長は、岩井という職員を連れて訪ねてくると、

「今日は、少しばかり、相談したいことがありましてね。できれば、お母さんと、二人だ

けで話がしたいのですよ」

と、いって、嫁の直美を外に出した。

幸恵は、そんな理事長に向かって、

「何かありましたの？」

「実は、大変なことが分かりましてね。どうしたものか、私の一存では解決できなくて、こうして、ご相談にうかがったんですよ」

「どんなことでしょうか？」

「今回、あなたが、真田幸村の、十六代目の子孫だということで、顕彰させていただきました。新聞にも載りましたし、世田谷区の名誉区民にもなった。ひじょうにおめでたい話で、私たちも、喜んでいたのですが、それがどうも、間違っていたということに、なってきたんです」

「間違っていたというのは、何がでしょうか?」

幸恵が、心配そうに、きく。

「あなたが、真田幸村十六代目の子孫だということが、間違いだったんですよ」

「でも、そちらが、間違いなく、私は、十六代目の子孫だとおっしゃるので、喜んでいたんですけど」

「もちろん、間違いをしたのは、私どもです。でも、こうなると、その間違いを、わが六文銭の会の名誉のためにも、真相を公表して、謝罪しなければなりません。当然、新聞にも公表することになるし、北沢区長には、あなたを、名誉区民にしていただきましたが、これも、取り消しになるでしょう。ひょっとすると、北沢区長は、その責任を取って、辞表を出すかも知れません。会のほうは、そんなことで、いまてんてこ舞いになってしまいましてね。あなたに、ご相談に来たんですよ」

「私に、相談されても困りますわ。私が、好き好んで、真田幸村十六代目の子孫にして欲しいと、いったわけじゃないんですからね」

「そういわれてしまうと、どうしようもありませんね。私たちは、これから帰って、手続きをすることになります。まず、新聞記者に集まってもらって、記者会見をします。それから、世田谷区長に、話をしなければなりませんし、当然、こちらにも、新聞記者や、テレビの記者が、取材に来ると思いますが、まあ、あなたも、大変なことになると思いますよ」

そういって、理事長が、立ち上がった。

幸恵は、慌《あわ》てて、

「何とか、穏便に、できませんの？」

「しかしね、新聞にも出てしまいましたし、あなたは、世田谷区の名誉区民にもなってしまいました。それに、私どもでも、あなたの顔写真を使ったパンフレットを、何十万枚も作ってしまいましたからね。その、パンフレットも、裁断して、処分しなければなりません。大変な、費用になります。もちろん、責任は、私どもにありますが」

理事長は、思わせぶりに、いった。

「私が、真田幸村の子孫だというのが間違いだというのは、どなたが、いっているのですか?」

「今のところまだ、だれも、いっていません。しかし、真田家の正統な子孫がいらっしゃるわけですから、その方から苦情が、来るかも知れません。私としては、いち早く、違うことが分かってしまったので、今のうちに、何とかしなければならない。そう思っているだけです」

「そういうことなら、何とか、穏便にできるんじゃありません?」

「そうして、欲しいですか?」

「ええ、私一人のことなら、構いませんけど、息子夫婦のこともありますし、それに、北沢区長さんのこともあるし」

「それならば、何とかできるかも知れません。おそらく、本当の、真田幸村の子孫の方が、文句をいってくるでしょうが、その方は何とか謝罪ですませるとしても、マスコミのほうの、手当てもしなければいけませんから」

「つまり、お金が、かかるということでしょうか？」

「ええ、それも、生半可なお金ではありませんよ」

と、脅すように、理事長が、いった。

「正直なところを、おっしゃっていただけません？　どのくらいの、お金がいるんでしょうか？」

「そうですね、差し当たって、五億円ぐらいかな」

「それだけあれば、何とかなるんでしょうか？」

と、理事長が、いった。

「取りあえずです。その他に、何億円か必要ですが」

「私は、どうしたらいいんでしょう？」

「そうですね。今なら、まだ銀行が開いていますから、すぐに連絡を取って、五億円の小切手を、作ってもらってくれませんか？　私どもは、それを持って、すぐに本部に戻ります。とにかく、こういうことは、なるべく早く、手を打ったほうがいいですからね。そのあと、いくら必要か連絡します」

と、理事長が、いった。

「じゃあ、これから、銀行に電話をしてみます」

と、いって、幸恵は、受話器に手を伸ばした。

その時、ふいに、玄関のベルが鳴った。

幸恵が、インターフォンに向かって、

「どなたでしょうか？　今、来客中なんですが」

「分かっています。私は、警視庁捜査一課の十津川です」


十津川は亀井と一緒に、ずかずかという感じで、入ってくると、リビングルームにいた理事長と、連れの職員、岩井昭に向かって、

「ついに、正体を現しましたね」

と、笑ってみせた。

理事長は、ムッとした顔で、

「何をいっているのかね？　今、大事な話を、こちらの奥さんとしているんだ。警察が口をはさむ話じゃないんだ」

「そうですかね。五億円を、脅し取ろうとしていたんじゃ、ありませんか？　本当は、あ

なたは、真田幸村の子孫ではない。それが分かったので、いろいろと手当てをしなければならないので、差し当たって、五億円がいる。それで、小切手をもらいたい。そういっていましたね？」

「そんな話はしていない」

理事長が、強い口調で、否定した。

「そうですかね」

と、十津川は、いい、黙って部屋の隅にある、テレビの裏から、小型の録音機を取り出して、テーブルの上に置いた。

「これに、あなたが、真田幸恵さんにいったことが、全部、録音されているんですよ。おききになりますか？」

十津川が、いうと、理事長は青ざめた顔になって、

「警察が、こんな卑劣なことをしても、いいのかね？」

「これは、私が、やったわけではありませんよ。こちらの、息子さんが、お母さんのことを心配して、これを仕掛けておいたんです」

「しかし、私が、こちらの、奥さんに頼んだことは、別に犯罪ではない。こちらの奥さんが、真田幸村十六代目の子孫だと思い込んで、顕彰したりしたのが間違いだった。それが

分かったから、申し訳ないことをしたと、その話に来ただけだよ。そのどこが、問題なのかね？」

「しかし、あなたは、名古屋でも同じことをやって、おられるでしょう？　名古屋の真田一家ですよ。今回と同じことをやって、同じように大金を出させた。あの一家を説得して、真相を、話してもらったんですよ。あの一家は、自分たちの不名誉になるからといって、二億円の金を六文銭の会に寄付した。しかし、それで、会は何かをやりましたか？　何もやらなかったんじゃありませんか？　今度も、五億円の小切手を切らせて、何をやろうとしているんですか？」

「だから、マスコミ対策とか、それに、わが六文銭の会の名誉を、守らなければならんし、差し当たって、五億円は必要なんだ」

理事長が、強調した。

「しかし、今もいったように、名古屋で二億円もの大金を、寄付させておきながら、何もやらなかったことは、はっきりしているんですよ。それにですね、あなた方六文銭の会は、真田幸村、あるいは真田一族のことに関しては、自分たちこそ、いちばん分かっている人間だと、自負していらっしゃるわけでしょう？　その会が、続けて二回も間違えるんですか？　少しばかり、おかしいんじゃないですか？」

十津川は、いってから、岩井昭に目をやって、

「それから、岩井さん、あなたは、松代に行って、同じ六文銭の会の職員だった、川口健二さんを殺しましたね？」

「バカなことをいうな！　私が、そんなことをするわけがないだろう？」

「でも、分かっているんですよ。あなたが、何をしたかはね。それから、理事長さん、前に、村上和雄と志賀治美という、二人の男女を殺したでしょう？　その時の本部の様子を、上田支部長の、田中富士夫さんが、われわれに話してくれたんですよ。どんなに、この時、理事長のあなたが、狼狽《ろうばい》し、この二人を何とかしろと、職員に命令していたかを、田中富士夫さんが、ちゃんと、覚えていましてね。全部話してくれたんですよ」

「その二人については、われわれは、何の関係もない」

「それなら、どうして、慌てふためいていたんですか？　おそらく、あなたは、今度のこちらの真田幸恵さんと同じく、村上和雄、それから、志賀治美の二人も、同じようなやり方で騙して、大金を、脅し取ろうと考えたんじゃありませんか？　ところが、騙そうとしたのは、あなたではなくて、向こうだった。それに腹を立てて、あるいは狼狽して、理事長のあなたは、部下に命じて、二人を殺したんだ」

十津川が、そういった時、十津川の携帯が、鳴った。

十津川が、電話に出る。

「長野県警の、森山ですが」

と、相手が、いった。

「何かありましたか？」

「今、田中富士夫を、殺そうとした犯人として、東京からやって来た、六文銭の会の職員、竹内康男《やすお》を現行犯逮捕しました」

と、森山警部が、いった。

「その話、大変嬉しい知らせです」

十津川は、いって、電話を切り、再び理事長に向かって、

「そちらの職員、竹内康男が、信州上田で逮捕されましたよ。信州上田の支部長、田中富士夫さんを、殺そうとした容疑でね。川口健二の時と同じように、田中富士夫の口も、封じようとしたんでしょう？　どうやら、向こうで捕まって、竹内康男は、何でもしゃべりそうですよ」

「そんなことには、私は、何の関係もない。今、あなたがいったこと、全部に対して、私は、関係がないんだ」

理事長は、ヒステリックに、いった。

それに対して、十津川は、

「殺人、詐欺、恐喝、その三つの疑いで、理事長のあなたと、職員の、岩井昭を緊急逮捕する」

と、いった。

6

二人を逮捕したあと、十津川は、内心、

（これからが大変だぞ）

と、思っていた。

社団法人六文銭の会が、殺人と恐喝と詐欺をやっていたことは、間違いないが、理事長をはじめとする、理事たちがそれを命令して、実行させたことを、証明するのは難しい。

そう思っていたのだ。

ところが、意外に簡単に、かなりの証拠が集まってしまった。

十津川が、前から、考えていたように、六文銭の会の職員が、六十人もいるということ、そのことが、そのまま、社団法人六文銭の会の弱みになったのである。

理事長を逮捕して、刑事たちが、平河町の社団法人六文銭の会に、乗り込んでいくと、以前から、会のやり方に疑いを持っていた職員たちが、一人、二人と出てきて、一斉に、真相を警察に対して、話し始めたからである。

村上和雄と、志賀治美の二人を騙して、大金を巻き上げようと、計画をしながら、それが逆になって、理事長をはじめ、理事たちが慌てふためいていた時の状況が、職員たちの証言によって、より明らかになった。

理事長は、その時、明らかに狼狽し、怒り心頭という感じで、一部の職員に向って、二人の口を封じるようにと命令した。そのこともはっきりとした。

そのあと、捜査本部は解散したが、それから一ヵ月経って、十津川は、田中富士夫から、手紙をもらった。

「十津川警部様

あの事件があってから、私が勤めていた社団法人六文銭の会は、解散してしまいました。

おかげで、私も、失業したわけですが、今回、上田にある、真田幸村の記念館で、働けるようになりました。

館長が、私の真田幸村好きを知って、採用してくれることに、なったのです。

今後は、地味な仕事になりますが、少しでも記念館のお役に立てればいいと思っております。そのうちに、十津川警部も、亀井刑事を連れて、ぜひ、上田に遊びに来てください。その時は、本当の、真田幸村についてご説明できるものと、思っております。

田中富士夫」

この作品はフィクションであり、実在の個人・団体・事件などとは、いっさい関係ありません。（編集部）

二〇〇六年十月　講談社ノベルス刊
二〇〇九年十月　講談社文庫刊

光文社文庫

長編推理小説
十《と》津《つ》川《がわ》警《けい》部《ぶ》　幻《げん》想《そう》の信《しん》州《しゆう》上《うえ》田《だ》
著　者　西《にし》村《むら》京《きよう》太《た》郎《ろう》

2018年11月20日　初版1刷発行

発行者　鈴木広和
印　刷　萩原印刷
製　本　ナショナル製本

発行所　株式会社　光文社
〒112-8011　東京都文京区音羽1-16-6
電話（03）5395-8149　編集部
8116　書籍販売部
8125　業務部

ISBN978-4-334-77752-4　Printed in Japan

組版　萩原印刷